해피 버스데이

아오키 가즈오 지음 | 가토 미키 그림 | 홍성민 옮김

해피 버스데이

어른과 아이가 함께 읽는 가슴 뭉클한 성장소설

문학세계사

Happy Birthday

해피 버스데이

♣ 차 례

1. 생일 케이크 ——— 11

2. 잠자는 나무 ——— 40

3. 소포 ——— 58

4. 새로운 시작 ——— 73

5. 전학생 ——— 88

6. 싹트는 우정 ——— 112

7. 특수학교 ——— 122

8. 반격 ——— 135

9. 수업 참관 ——— 144

10. 남매 ——— 155

11. 기억 ——— 179

12. 해피 버스데이 ——— 188

♣ 작가의 말

이 세상에 단 하나뿐인 소중한 당신에게 ———207

1. 생일 케이크

"넌 태어나지 말았어야 했어."

전자레인지로 데운 카레를 재빠르게 두 개의 접시에 나누어 담으면서 나오토가 말했다. 인스턴트 카레의 새콤달콤한 냄새가 부엌에 가득 찼다.

"너, 엄마가 지금 당장이라도 생일 케이크 들고 돌아올 거라고 기대하는 건 아니지?"

숟가락으로 카레와 밥을 쓱쓱 비비면서 나오토가 말했다. 오늘은 아스카의 열한번째 생일이다.

시계를 올려다보고 있던 아스카는 천천히 나오토를 쳐다보았다.

"아까부터 벌써 몇 번이나 시계를 보는 거야? 기대해도 소용없어. 엄마한텐 네 생일보다 훨씬, 훨—씬 중요한 일들이 잔뜩 있단 말야."

아스카의 마음이 흔들렸다.

'오빠의 말이 맞을지도 몰라' 하고 생각했다.

가끔 엄마는 아스카의 존재를 잊은 것 같은 얼굴을 한다.

엄마는 아스카와 마주 앉았을 때에도 늘 다른 곳을 보았다. 아스카의 눈을 똑바로 봐주지 않았다.

마음 가득한 불안을 나오토가 눈치 채지 못하도록 아스카는 살짝 눈을 내리깔고 말했다.

"작년도 재작년도 정확히 내 생일을 기억해 줬어."

아스카는 아무렇지도 않은 듯이 컵에 물을 따른다.

"그건 엄마를 위한 세리머니야, 의식이라고. 좋은 엄마가 되기 위한 연중행사란 말이야."

평상시의 나오토와는 달리 냉정하고 조용한 목소리였다. 아스카는 눈을 크게 뜨고 나오토를 쳐다본다.

눈 한 번 깜박이지 않는 아스카를 보며 나오토는 흥 하고 콧방귀를 뀌었다.

"엄마는 말야, 네 생일 따윈 까맣게 잊었어."

그렇게 말하더니 나오토는 카레라이스를 한 숟가락 가득 퍼 크게 벌린 입 안에 넣었다. 입을 움직이면서도 나오토는 동요하는 아스카의 얼굴을 재미있다는 듯이 보고 있었다.

"아냐. 엄마는 내 생일 잊어버리지 않아."

아스카는 가는 손가락으로 목을 누르며 잠긴 목소리로

말했다.

아스카의 마음이 슬픔과 괴로움으로 차오르면 뜨거운 불에 타는 듯 아프기 시작한다. 숨을 쉴 수 없을 정도로 아파진다. 언제부터인지 아스카는 마음이 아파지면 자신도 모르게 목을 누르게 되었다.

마음의 고통이 더해질수록 목을 누르는 힘도 점점 강해져 멍이 들 정도였다. 그래도 마음의 고통보다는 훨씬 나았다. 아스카는 제 몸에 고통을 가하는 것으로 마음의 고통을 잊으려 하고 있었다.

나오토는 키득대며 웃었다.

"너, 산수 시험 20점이지? 자연은 12점. 게다가 수업 시간에 딴전 피다 선생님한테 혼났다며? 엄마는 그런 멍청한 애는 딱 질색이래. 너 같은 건 태어나지 말았어야 했다고 그랬어."

크게 뜬 아스카의 눈에 순식간에 눈물이 맺힌다. 아스카는 떨리는 손으로 컵을 잡더니 나오토의 얼굴에 힘껏 물을 뿌렸다.

그리고 아스카는 재빨리 자기 방으로 도망쳤다.

가슴을 쥐어짜는 듯한 아픔에, 아스카의 목에서 멀리서 들리는 개 짖는 소리 같은 신음소리가 난다. 숨이 막혀 정신을 잃을 것 같다.

— 난 오빠가 제일 미워…….

1. 생일 케이크 13

— 엄마가, 나 같은 건 태어나지 말았어야 했다고 그랬을 리 없어…….

— 나도 오빠처럼 엄마 아빠의 자식이잖아…….

— 오빠도 아냐, 죽어버렸으면 좋겠어…….

문 앞에 나오토가 들어오지 못하도록 이것저것 쌓아놓으며 아스카는 나오토를 욕했다.

아스카는 울다 어느새 잠이 들었다.

늦은 밤 문득 잠이 깬 아스카의 귀에 나오토와 엄마가 이야기하는 소리가 들렸다.

"아스카가 나한테 물을 뿌렸어요."

"걔 왜 그러니? 정말 어쩔 수 없는 애라니까."

술이 약간 들어간 엄마의 목소리는 평상시보다 훨씬 크고 톤도 높아져 있다.

"엄마가 아스카 생일을 잊어버렸기 때문에 내가 물벼락을 맞았잖아요."

"아, 맞아. 오늘이었지, 아스카 생일이?"

"진짜 잊고 있었네."

"엄마가 오늘 너무 바빠서 그랬어. 하지만 생일 축하한다는 말을 듣고 싶으면 아스카도 노력해야지. 걔가 나오토 너처럼 공부도 잘하고 엄마, 아빠 말씀 잘 듣는 아이라면, 엄만 절대로 잊어버리지 않아. 아아, 정말 아스카

는 태어나지 말았어야 했는데."

엄마의 말에 아스카의 마음은 불에 타는 것처럼 아파
온다.

— 엄마, 심술쟁이…….

— 너무해, 엄마…….

소리내어 말하려 했지만 갈라진 숨소리밖에 나지 않았
다. 자신의 귀에도 들리지 않는 목소리에 아스카의 마음
은 불안과 슬픔으로 터질 것 같았다. 빠르게 뛰는 심장
소리에 창밖에 내리기 시작한 빗소리가 겹쳐졌다.

아스카는 침대에서 내려와 살며시 창문을 열었다.

확— 하고 빗내음이 방안으로 들어왔다. 창밖으로 몸
을 내밀고 아스카는 힘껏 외쳤다.

— 도와줘.

— 누가 나 좀 도와줘!

아스카의 외침은 그저 작은 한숨이 되어 장대처럼 쏟
아지는 6월의 빗속으로 빨려 들어갔다.

아스카는 목소리를 잃었다. 힘껏 외쳐댄 소리는 누구
에게도 들리지 않는다. 눈물과 빗물로 뺨을 적신 아스카
는 몸을 떨며 어둠 가운데 서 있었다.

*

다음날, 아스카가 너무 울어 통통 부은 눈으로 밥을 먹

고 있어도 엄마는 아무 말도 하지 않았다.

— 엄마, 나 목소리가 나질 않아.

— 난 어떡해야 해?

그렇게 말하고 싶어 아스카는 엄마를 쳐다보았다. 아스카의 시선을 느껴도 엄마는 화난 얼굴로 슬쩍 눈을 피했다. 아스카의 생각을 받아주려 하지 않았다.

*

사쿠라 초등학교 5학년 1반의 하시모토 아쓰코 선생님은 어두운 얼굴로 고개를 숙이고 있는 아스카가 신경이 쓰였다. 얌전한 아스카는 반에서 눈에 띄는 존재는 아니었지만, 예의 바르게 손을 무릎에 올려놓고 이야기하는 상대를 똑바로 쳐다보는 아이였다. 오늘은 아직 한 번도 고개를 들어 하시모토 선생님을 보질 않았다.

"후지와라 아스카가 24쪽 읽어볼래?"

2교시 국어 시간, 하시모토 선생님은 일부러 아스카를 지명했다.

아스카는 순간 눈을 크게 떴다. 교과서를 들고 천천히 일어선다. 읽으려 해도 소리가 나오질 않는다.

"아스카, 왜 그러니?"

들고 있던 책에서 눈을 떼고 선생님은 아스카를 보았다. 아스카는 오른손을 목에 대고 고개를 크게 흔들었다.

입을 뻐끔거리고 있다.

— 저, 소리가 나오질 않아요.

손짓과 입의 움직임으로 선생님은 아스카가 말하려 하는 것을 이해했다. 반 아이들의 눈이 아스카의 심상치 않은 행동에 집중되어 있다.

"감기에 걸려서 소리가 잘 나오지 않는 모양이구나. 자, 앉아도 좋아요. 수업 끝나고 선생님이랑 양호실에 가자."

반 아이들의 호기심 어린 눈에 겁먹고 있는 아스카를 선생님은 지켜주고 싶었다.

"뭐야, 감기야? 선생님, 저도 얼마 전에 감기에 걸려서 열이 41도까지 올라갔었어요."

"야, 너 그거 고장난 체온계였지? 뻔해. 그런 얘긴 질렸어. 너처럼 말 많은 애가 후지와라처럼 소리가 잘 나오지 않는 감기에 걸려야 하는 건데 말야."

"내일의 스타한테 그게 무슨 말이야? 내가 유명한 가수가 되어도 넌 사인 없어. 내 목소리가 들리지 않게 되면 팬들이 울며불며 얼마나 슬퍼하겠니?"

"야, 네 얼굴을 좀 생각해. 하긴 꿈을 버리지 않고 노력하면 개그맨 정도는 될 수 있을지도 모르지."

언제나 수업 분위기를 흐려놓는 아이들이 오늘은 아스카에게 커다란 도움이 되었다.

아스카의 긴장된 얼굴이 다소 풀린 것처럼 보였다. 하시모토 선생님은 웅성거리는 아이들 속에서 후, 하고 한숨을 내쉬었다.

쉬는 시간이 되자 하시모토 선생님은 아스카를 데리고 양호실로 갔다.

양호실 안쪽에 동그란 의자를 두 개 놓고, 아스카와 선생님이 마주 보고 앉았다. 선생님의 무릎에는 스케치북이 놓여 있다.

"물어봐도 되겠니?"

선생님은 아스카의 얼굴을 살피듯이 고개를 약간 기울이며 말했다.

아스카는 하시모토 선생님을 믿어도 될지 어떨지 망설이고 있었다. 더 이상 마음의 상처를 입으면 아스카는 분명 숨도 쉴 수 없게 될 것이다.

"선생님을 믿으렴, 난 아스카 편이니까."

하시모토 선생님은 하얀 손을 아스카의 작은 손 위에 살짝 얹었다. 네번째 손가락에서 예쁜 은반지가 반짝거린다.

아스카는 눈을 감았다. 선생님 손의 온기가 아스카의 굳은 몸을 녹여간다. 기분이 좋았다.

"말하고 싶은 건 뭐든 좋으니까 여기에 써봐, 응?"

선생님이 몸을 움직일 때마다 연한 향수 냄새가 났다. 아스카는 선생님에게서 파란색 사인펜과 스케치북을 받아, 쓱쓱 손을 움직였다.

"선생님은 행복하세요?"

뜻밖의 질문이었다. 하시모토 선생님의 얼굴이 빨개진다. 아스카는 선생님의 얼굴을 똑바로 보고 있었다.

"글쎄…… 지금까지 살아온 중에서 가장 행복한 것 같은데."

아스카는 사인펜을 쥐고 가만히 무언가를 생각하는 표정을 지은 후, 스케치북을 넘겨 다시 무언가를 썼다.

"왜 행복하다고 생각하세요?"

하시모토 선생님은 미소를 지었다.

"글쎄, 그게 왜일까. 진심으로 사랑하는 사람이 있고, 그 사람에게서 아주 많이 사랑받고 있다고 느끼기 때문인 것 같아."

적당한 말을 골라 이야기하는 선생님의 뺨이 살짝 붉어졌다.

빛을 잃은 아스카의 눈동자가 조금 반짝였다.

— 왜 사랑받고 있다고 느끼죠?

— 어떻게 하면 사랑받을 수 있나요?

아스카의 입술이 크게 움직인다. 감정이 되살아난 것처럼 아스카는 생기 넘치는 표정을 보였다.

하시모토 선생님은 헛기침을 한 번 하고 아스카를 쳐다보았다.

"그게 말이지."

그런 것은 생각해 본 적도 없던 선생님은 조금 당황했다.

활짝 열어놓은 창을 통해 습기를 머금은 바람이 들어와 땀에 젖은 두 사람의 몸을 감싼다.

"음― 그래. 사랑받고 있다고 느끼는 건 어떤 때냐 하면 말이지."

이야기 상대가 열한 살 소녀라는 것을 잊을 정도로 선생님은 진지하게 생각했다. 바람이 부는 것을 눈으로 좇으며 자신의 마음에 물어 보았다. 아스카의 가슴은 심하게 고동쳐 머리가 어찔할 정도였다.

― 이렇게 엄마와 이야기하고 싶었어.

― 내가 이상하게 생각하는 것, 알고 싶은 것.

― 하시모토 선생님처럼 엄마도 생각해 주길 바랐어.

― 왜 이렇게 가슴이 떨릴까…….

무릎에 놓인 스케치북에 아스카의 눈물이 떨어졌다. '행복'이라고 쓴 글자가 눈물로 번져간다.

하시모토 선생님은 분홍색 손수건을 아스카의 손에 놓으며 말했다.

"그 사람은 내 이야기를 진심으로 들어주었어. 꾸미지

않은 그대로의 나를 이해해 주려 했지. 그 사람의 그런 마음을 알았을 때 '사랑받고 있구나' 라고 생각했단다."

눈도 깜빡이지 않고 아스카는 선생님을 보고 있다.

"어떻게 해야 사랑받을까 라는 생각은 하지 않았어. 그저 자신과 다른 사람들을 소중히 여기고 자신에게 성실하도록 노력했지. 언젠가 그런 나를 인정해 주는 사람이 나타나면 좋겠다는 기대는 갖고 있었지만 말이야."

닫힌 아스카의 마음에 전해지도록 선생님은 말 하나하나에 마음을 담아 이야기했다. 아스카의 눈에 눈물이 고인다.

— 엄마, 날 사랑해 줘…….

— 엄마, 부탁이야…….

떨리는 아스카의 입술에서 깊은 슬픔을 읽은 하시모토 선생님은 자신도 모르게 아스카의 작은 어깨를 꼭 껴안았다.

*

그날 오후 하시모토 선생님은 연락을 취해 아스카의 엄마를 학교로 불렀다.

"아스카의 목소리가 나오지 않게 된 걸 알고 계시나요?"

바쁘다는 말을 연발하는 엄마를 간신히 오게 한 것도

있고 해서 하시모토 선생님은 직접 본론으로 들어갔다. 엄마는 불쾌한 표정을 지은 채 험악한 눈으로 선생님을 노려보았다.

"괜히 과장되게 말하지 마세요. 조금 토라져 있는 것뿐이니까. 내가 요즘 프랑스어 통역을 시작한 지 얼마 되질 않아 약간 바빠요. 일본어 교실도 맡고 있죠. 내 시간도 쉽게 갖질 못하는 상황이에요."

엄마는 하얀색 재킷의 칼라를 매만졌다. 다리를 바꿔 꼬고, 어깨를 쭉 폈다.

"그제도 갑자기 통역 의뢰가 있어서 집에 조금 늦게 들어갔어요. 아스카의 생일을 잊은 건 아니지만 어쩔 수 없잖아요, 일이니까. 그런데 그 애는 팩 토라져서 오빠한테까지 화풀이를 한 모양이에요. 정말 못 말리는 애라니까."

빠른 어투로 떠들어대는 엄마의 얼굴에 땀이 맺힌다.

"그래요? 아스카는 스트레스를 받아 어떻게 해야 좋을지 모르는 것 같던데요."

걱정스러워하는 하시모토 선생님의 말을 엄마가 가로막았다.

"그 애가 뭐라 했나요? 뭐라 했어도 신경 쓰지 마세요. 그리고 아스카의 스트레스가 꼭 집에서 받은 거라고는 할 수 없죠. 아이들 사이에 따돌림 같은 건 없나요? 그같은 보살핌은 제대로 하고 계신 거예요?"

긴 손톱 끝으로 톡톡, 책상을 치면서 엄마는 하시모토 선생님을 노려보았다. 엄마의 위세에 눌려 기가 꺾인 하시모토 선생님은 옆에 있던 스케치북을 들고 아스카의 눈물을 떠올렸다.

'아스카, 선생님이 도와줄게.' 그렇게 속으로 아스카에게 약속했다. 하시모토 선생님은 등을 곧게 폈다.

"전 아이들 사이의 따돌림은 있는 것이 자연스럽다고 생각합니다."

하시모토 선생님의 말에 엄마는 입을 비쭉거리며 웃었다.

"따돌림을 인정하는군요. 이거 큰 문제가 되겠는걸."

"아뇨, 따돌림 그 자체는 안되는 거죠. 하지만 좋은 점도 나쁜 점도 갖고 있는 것이 인간이라고 생각합니다. 어린이는 아직 경험이 적기 때문에 여러 번 실패를 거듭해도 괜찮다는 게 저의 생각이에요. 금지하는 것이 아니라 서로를 소중히 하는 마음을 적당한 기회에 가르쳐 주고 싶어요. 서두르지 않고 천천히 아이들과 가까워지고 싶습니다."

"그렇게 여유를 부리니까 아스카의 학습 실력도 향상되질 않죠. 아스카는 사립 중학교 시험을 보게 할 거예요. 가르쳐야 할 것을 제대로 빨리 가르쳐 주지 않으면

곤란해요."

엄마는 '빨리'라는 부분에 힘을 주어 말했다. 엄마가 아무리 험악한 표정을 지어도 하시모토 선생님은 더 이상 기죽지 않았다.

"저도 아직 미숙해서 세세하게 신경 쓰지 못하는 부분이 많이 있습니다. 솔직히 말씀해 주시니 기쁘군요. 고맙습니다."

하시모토 선생님은 가볍게 고개를 숙였다. 아스카에 대해 이야기하고 싶었다. '문제는 지금부터다' 하고 하시모토 선생님은 기운을 냈다.

"아스카 말인데요, 학교에서는 전혀 말을 하지 못하는 상태예요. 집에서는 어떤가요?"

엄마는 옆을 본 채 대답하지 않았다.

"이걸 보세요."

하시모토 선생님은 스케치북을 펼쳤다. 엄마의 눈이 천천히 움직인다.

"아스카가 쓴 겁니다. 조금 토라진 것만으로 겨우 열한 살짜리 아이가 행복의 의미를 생각할까요? 어떻게 하면 사랑을 받게 될지 진지하게 고민할까요?"

엄마의 뺨이 실룩였다. 하시모토 선생님은 이야기를 계속했다.

"글씨가 번진 것은 아스카의 눈물 자국입니다. 아스카

는 엄마에게 사랑받고 싶어서……. 어떻게 하면 엄마에게 사랑받을 수 있을까 하고……."

목이 막혔다. 눈시울이 뜨거워져 하시모토 선생님은 쓰고 있던 안경을 벗었다.

"아스카에게 사랑한다고 말해 주세요."

엄마는 한동안 고개를 숙이고 말끔하게 매니큐어를 바른 손톱으로 책상을 톡톡 쳤다. 짧게 한숨을 내쉰 후 작은 목소리로 말했다.

"할 수 없어요. 아스카는 안돼요. 그 아이는 사랑할 수 없어요."

표정이 사라진 아스카의 어두운 얼굴이 떠오르자, 엉겁결에 하시모토 선생님은 소리쳤다.

"왜죠? 엄마잖아요. 아스카는 엄마의 사랑을 받고 싶어할 뿐이에요. 왜 안되는 거죠?"

엄마는 손수건으로 눈물과 콧물을 찍어누르면서 계속 고개를 가로젓고 있었다.

창가의 하얀 커튼이 흔들리며 나뭇가지 너머로 서늘한 바람이 불어왔다. 노여움으로 뜨거워진 하시모토 선생님의 뺨을 바람이 어루만진다. 마음이 진정되기를 기다렸다가 하시모토 선생님은 말했다.

"제 여동생도 아스카와 비슷한 증상이었어요. 중학생이었을 때 아이들의 따돌림이 계기가 되어 전혀 목소리가 나오지 않게 되었죠. 동생의 경우는 학교에서만 그런 증상을 보였기 때문에 그래도 희망이 있었습니다. 집에 돌아오면 학교에서의 스트레스를 마음놓고 받아주는 엄마가 있었으니까요."

하시모토 선생님은 결국 본의 아니게 아스카의 엄마를 야단치는 어투가 된 것을 깨닫지 못했다. 지는 것을 싫어하는 엄마는 '미안하군요, 난 받아주지 못하는 엄마라서!' 라고 속으로 소리쳤다.

"동생이 다시 목소리를 되찾기까지는 4년이 걸렸습니다. 지금도 마음의 상처는 완치되지 않아 사람들 사이에 끼질 못하죠. 저도 가능한 힘이 되어 주겠습니다. 아스카의 마음의 상처가 커지기 전에 좀 생각해 주세요. 엄마의 사랑이 필요합니다. 하루라도 빨리 아스카와 함께 상담을 받아 보세요."

하시모토 선생님의 정성어린 호소에도 엄마는 왠지 딸에 대해 차가운 감정밖에 들지 않았다. 엄마는 숙인 얼굴에 손수건을 갖다대고 하시모토 선생님을 보려고도 하지 않았다.

학교에서 돌아온 엄마는 거실 소파에 앉아 오랫동안 생각에 잠겨 있었다.

"마치 내가 엄마 자격이 없는 것처럼 말하잖아. 나름대로 열심히 하고 있는데 더 이상 나보고 어쩌라는 거야."

엄마는 울먹이며 혼잣말을 했다. 조용한 거실에 후둑후둑, 빗방울 떨어지는 소리가 울렸다.

— 나오토는 사랑스러워. 하지만 아스카는 아냐. 그 아이를 보고 있으면 불안해져.

— 마음속에서 무언가가 들끓는 것 같아.

— 따끔따끔한 게 여길 찌르는 것 같은 기분이 든단 말야…….

엄마는 자신의 가슴을 뾰족한 손톱으로 콕콕 찔렀다.

"전부 내가 나쁜 거야? 아이도 낳아보지 않은 젊은 선생이 부모 마음을 어떻게 알아?"

코를 풀며 내뱉듯이 말했다.

— 부모 자식간에도 감정이란 게 있잖아. 아스카를 안는 건 어째…….

— 왜일까. 그게 되질 않아…….

엄마는 코에 티슈를 갖다댄 채 비에 가려진 창밖의 풍경을 멍하니 보고 있었다.

"배고파, 뭐 먹을 것 없어?"

어느새 돌아왔는지 나오토가 냉장고 문을 열며 물었다.

"아직 저녁 준비 못했어. 학교에 불려갔다가 조금 전에 돌아왔거든."

새빨개진 코를 티슈로 가리며 엄마가 말했다.

"또 아스카야? 이번에는 또 뭔데요?"

"그게 말이지⋯⋯."

엄마는 후— 하고 크게 한숨을 내쉬었다.

"왕따 당한 거죠? 걔같이 멍청한 애는 왕따 당할 타입
이거든."

엄마는 '아' 하는 소릴 내더니 다시 한숨을 내쉰 후 말
했다.

"그래. 그래서 아스카 목소리가 나오질 않게 된 것 같
아. 선생님이 아직 젊어서 그런지 아이들 지도를 제대로
못하는 것 같더구나."

엄마의 높고 날카로운 목소리를 아스카는 복도에서 듣
고 있었다. 거실문의 손잡이를 잡은 채 몸이 굳어버린 것
처럼 움직이지 않았다. 마음이 무겁게 가라앉는 것을 느
꼈다.

*

매일같이 내리는 비에 아스카는 점점 녹아 희미해져
간다. 있는데도 없는 것 같은 투명 인간이 되어 가는 것
같다.

나오토는 불안해졌다.

아스카가 자신의 존재를 지우면 지울수록 나오토는 아스카가 신경 쓰이기 시작했다.

책을 읽을 때에도 텔레비전을 볼 때에도 자신도 모르게 아스카를 보고 있다. 몇 마디 놀리는 말을 던져도 아스카는 전혀 반응이 없다. 머리를 툭 쳐도 흔들릴 뿐이었다. 빛을 잃은 아스카의 눈동자는 마치 유리구슬 같았다. 무언가가 아스카를 망가뜨리는 것 같은 기분이 들어 나오토는 무서워졌다.

그날, 낮부터 양동이로 쏟아 붓는 것처럼 쏴—쏴— 소리를 내며 장대 같은 비가 내렸다. 우산을 든 나오토의 손목이 흔들릴 정도로 무섭게 쏟아졌다. 가죽 신발 안에까지 비가 스며들어 걸을 때마다 저벅저벅 소리가 났다. 나오토는 지긋지긋하단 얼굴로 젖은 신발을 보며 현관문을 열었다.

현관 바닥에 흠뻑 젖은 아스카가 웅크리고 있다. 긴 머리카락에서 떨어지는 물방울로 아스카 주위는 흥건했다.

"뭐 하는 거야, 이런 데서? 방해되잖아."

나오토가 어깨를 치자 아스카는 무너지듯 그 자리에 쓰러졌다. 나오토는 당황했다.

"아스카! 야, 정신차려."

안아 일으킨 아스카의 몸은 불덩이처럼 뜨거웠다. 나

오토는 더욱 불안해졌다. 축 늘어진 아스카를 안아 일으키며 어찌할 바를 몰라 울고 싶을 정도였다.

바로 그때 현관의 인터폰이 울렸다.

"아스카 담임인 하시모토입니다."

"들어오세요! 열려 있어요. 누구라도 좋으니까 빨리 들어오세요."

나오토는 울먹이며 소리쳤다.

문이 열리고 하시모토 선생님이 들어왔다.

"어머나, 아스카! 왜 그러니?"

"열이 굉장해요. 어떡하면 좋죠?"

하시모토 선생님의 행동은 민첩했다. 나오토는 하시모토 선생님의 지시대로 움직이기만 하면 되었다.

하시모토 선생님은 아스카의 젖은 옷을 재빨리 새 옷으로 갈아 입혔다. 아스카는 인형처럼 축 늘어져 거친 숨을 쉬고 있었다.

"괜찮을까요? 죽진 않겠죠?"

나오토는 선생님 뒤에 찰싹 붙어 있었다. 불안해하는 나오토에게 하시모토 선생님은 격려하듯이 말했다.

"학교 주치의인 이자키 선생님에게 연락했어. 곧 왕진을 와주신다고 했으니까 걱정하지 않아도 돼. 그것보다 어머니나 아버지께 연락해 주겠니?"

고개를 끄덕이고 나오토는 거실로 뛰어갔다. 엄마에게

전화를 하는 도중에 이자키 선생님이 왕진을 왔다.

"감기 증상이 있었는데 그게 더 심해졌어. 체력도 약한 편이고."

복도에서 기다리고 있던 나오토에게 이자키 선생님은 그렇게 말했다.

"아침이 되어도 열이 떨어지지 않으면 병원에 데려가라고 어머니께 전해요."

이자키 선생님 뒤에 서 있던 간호사가 말했다. 나오토는 "네" 하고 고개를 끄덕였다.

이자키 선생님이 돌아간 후 아스카의 거친 숨소리도 진정되었다.

"살았어요. 저 혼자 어떻게 해야 좋을지 정말 난감했거든요."

"아스카가 걱정이 되어서 어머니를 뵈러 왔던 건데, 아무튼 다행이야."

나오토와 하시모토 선생님은 안도의 한숨을 내쉬며 아스카의 자는 얼굴을 보고 있다. 아스카 이마에 맺힌 땀을 수건으로 닦으면서 선생님이 말했다.

"어머니하곤 연락이 됐니?"

나오토는 창피한 듯이 고개를 숙였다. 뺨이 빨개진다.

"아까 통화했어요. 아침에 직장 일로 나고야에 혼자 계신 아버지한테 가셨는데, 오늘은 그곳에서 주무신대요.

아스카는 원래 튼튼하니까 걱정 말라고. 자고 나면 나을 거라고……."

나오토는 엄마가 한 말을 선생님에게 전하는 것이 정말 창피했다.

"큰일이네."

하시모토 선생님은 쓴웃음을 지으며 말했다.

안정된 아스카의 숨소리에 나오토는 안심한 듯 웃는 얼굴을 보였다.

"그럼 오빠가 애를 써주는 수밖에 없네."

나오토의 어른스러운 옆얼굴에 대고 하시모토 선생님이 말했다.

"아스카는 매우 괴로워하고 있어. 누군가의 도움이 없으면 이대로 마음을 닫아 버릴지도 몰라. 어머니와 다시 한번 이야기하고 싶어 찾아왔는데 무리인 것 같군. 자, 그럼 오빠한테 부탁하는 수밖에."

하시모토 선생님은 일부러 밝은 목소리로 익살스럽게 말했다. 나오토의 가슴이 두근거렸다. 아스카의 아픔을 처음으로 느낀 것 같은 기분이 들었다.

"아무도 믿을 수 없기 때문에 마음을 닫아 버리는 거야. 도와달라는 신호를, 그것도 필사적으로 보내고 있는데, 그걸 받아주는 사람이 없으면 그 신호도 결국 끊어져 버리지. 그렇게 되면 평생 아무도 믿지 않게 되고 자신의 마음을 죽이게 되는 거야."

"아스카도 그렇게 되나요?"

"이대로라면 아마. 그러니까 네가 아스카의 힘이 되어 주었으면 해."

나오토는 잠에서 깬 것 같은 기분이 들었다. 하시모토 선생님의 성실함에 감동했다.

그날 밤 나오토는 한숨도 자지 못했다. 아스카가 걱정이 되어 몇 번이나 상태를 살피러 갔다. 새벽에 가보니 아스카는 잠에서 깨어 커다란 눈을 뜨고 있었다.

"배고프지 않니? 하시모토 선생님이 죽을 끓여줬는데, 먹을래?"

아스카의 얼굴이 약간 움직이고 고개를 끄덕인 것 같았다. 나오토는 급히 죽을 데워 갖고 와서 어색한 손놀림으로 아스카에게 죽을 떠 먹였다. 아스카는 눈을 가늘게 뜬 채 죽을 힘들게 삼켰다. 나오토는 묵묵히 아스카에게 죽을 떠 먹였다.

"뭐? 뭐라고 했니?"

나오토는 아스카의 입술이 움직인 것 같은 기분이 들었다. 소리가 말이 되어 흐른 것 같았다. 나오토는 아스카의 입술을 쳐다보면서 다시 한번 귀를 기울였다.

"'태어나지 말았어야 했어.' 그렇게 말했니, 아스카?"

나오토는 흐르는 눈물을 급히 수건으로 닦았다. 커다

란, 커다란 후회의 파도가 나오토를 덮쳤다. 아무 생각 없이 그저 놀려주려 했을 뿐이었다. 나오토는 말이 갖는 의미의 무게를 처음 알게 되었다.

"미안해."

나오토는 깊이 반성하며 아스카에게 사과했다.

*

엄마는 아스카의 존재도, 아스카에 대한 이야기도 철저하게 피했다.

"아스카 말야, 저렇게 놔둬도 돼요?"

나오토는 가능한 아무렇지도 않은 듯 태연하게 엄마에게 물었다.

엄마는 입을 일그러뜨리며 괴로운 표정을 지었다.

"넌 쓸데없는 걱정하지 않아도 돼."

엄마는 옆에 있던 커피잔을 들었다.

"너 시험 얼마 안 남았지? 열심히 해야지. 전부 고등학교에 가는 게 아니라고 선생님이 말했잖아. 다른 생각할 여유가 어디 있니."

엄마는 커피를 마시며 말했다.

나오토는 사립 명문 코진 학원의 중등부 3학년이다. 엄마 말대로 그대로 고등부로 올라간다고 장담할 수 없었다. 여기저기에서 모여오는 선발 팀 중에서 자신의 자리를 확보하는 것은 상당히 힘든 생존경쟁이었다.

"넌 엄마 아빠의 희망이야. 우리가 얼마나 기대하고 있는지 알지?"

엄마는 미소를 지으며 말했다.

나오토의 마음 저 밑에서 찰칵 하는 점화 소리와 함께, 분노의 불꽃이 타올랐다.

"아스카 문제는 신경 쓰지 말라, 이거야?"

"그래, 너하곤 관계없는 일이야. 아빠도 엄마도 그 애는 벌써 포기했어."

"말도 안돼! 그러면서 무슨 엄마야!"

나오토는 주먹으로 테이블을 치며 소리쳤다.

엄마는 입을 벌린 채 나오토를 보고 있다. 나오토가 엄마에게 반항한 것은 처음이었다. 삐꺽삐꺽, 테이블이 흔들리고 나오토의 마음에 분노의 파도가 일었다.

"우린 아빠 엄마의 애완 동물이 아냐! 아빠 엄마 마음대로 생각하고, 기대하고, 포기하고. 우린 사람이지, 애완 동물이 아니라고!"

엄마는 눈물을 글썽이며 자리에서 일어섰다. 나오토에게 한마디도 하지 못하고 그대로 방으로 들어가더니 요란하게 소리를 내며 문을 닫았다.

"저렇게 행동하는 게 어른이야? 정말 믿을 수 없어."

분노를 참지 못하고 나오토는 의자를 힘껏 걷어찼다.

규슈에 상륙한 태풍의 여세로 밖에는 강한 비바람이 몰아치고 있었다.

― 불어라. 더욱 불어 전부 날려버려.

나오토의 생각이 통한 듯 창문을 두드리는 바람 소리가 한층 강해졌다.

다음날 학원을 마치고 나오토가 집에 돌아온 것은 밤 10시가 지나서였다. 거실에서 아스카 혼자 텔레비전을 보고 있었다. 엄마는 아직 돌아오지 않았고, 테이블 위에는 빈 컵라면 용기가 놓여 있었다.

"너, 저녁 이걸로 돼?"

대답이 없다. '쯧쯧' 하고 나오토는 혀를 찼다. 빈 용기를 쓰레기통에 버리고 나오토는 아스카 앞에 앉았다. 텔레비전을 끄고 가만히 아스카를 쳐다보았다.

"아스카, 너 이대로 있으면 안돼."

아스카의 가는 손가락이 목으로 뻗친다. 나오토는 아스카의 손을 잡았다.

"잘 들어. 러시아 속담에, '울지 않는 아기는 우유를 얻어먹을 수 없다' 는 말이 있어."

너무 세게 눌러 보라색이 되어 있는 아스카의 목을 보면서 나오토는 말했다.

"무슨 말인지 알지? 스스로 자신을 표현하지 않으면

죽게 될 뿐이야. 언제까지나 움막에 숨어 있어서는 안돼,
아스카."

나오토는 그 동안 자신이 생각해 왔던 것을 이야기했
다. 아스카를 보는 나오토의 눈은 진지했다.

"너 우쓰노미야로 가. 할아버지 할머니한테 가서 너를
되찾는 거야. 네 발로 일어서는 거야."

아스카의 눈이 조금 빛났다. 나오토는 크게 고개를 끄
덕였다.

"엄마는 내가 설득할게. 안된다고 해도 오빠가 데려다
줄게."

나오토는 자신을 상처내는 것 외에 달리 마음을 지키
는 방법을 알지 못하는 힘없는 여동생이 불쌍했다. 오빠
로서 지켜주고 싶다고 생각했다.

— 울어, 아스카…….

— 맘껏 큰소리로 소리쳐…….

— 네 생각을 굽히지 마…….

— 오빠가 다 받아 줄게…….

2. 잠자는 나무

"아스카! 많이 컸구나."

할아버지는 우쓰노미야 역의 플랫폼까지 아스카를 마중 나와 주었다. 키가 크고 마른 할아버지의 햇빛에 그을린 얼굴 위로 순식간에 미소가 번진다.

아스카는 잠자코 고개를 숙였다.

"혼자서 괜찮았니? 착하구나, 우리 아스카!"

할아버지의 커다란 손이 아스카의 머리를 쓰다듬었다.

― 할아버지, 아스카는 언제나 혼자예요.

두 시간 전에 엄마가 한 말이 가슴을 날카롭게 찌르듯 아스카를 덮쳤다.

＊

엄마는 아스카를 요코하마 역까지 데려다 주었다.

대합실 의자에 나란히 앉은 아스카의 귀에 대고 엄마

는 말했다.

"잘 들어. 이렇게 된 것도 다 네가 똑똑하지 못하기 때문이야. 너에 대해서 잘 생각해 봐. 학교에 가지 않아도 공부는 제대로 해야 해. 할아버지 할머니 말씀은 뭐든 잘 들어, 알았니? 괜히 나중에 엄마가 잘못 가르쳤다는 말 듣기 싫으니까."

아스카의 표정은 변함이 없었다.

목을 잡으려는 아스카의 손을 엄마는 탁 쳤다.

"너 다 듣고 있잖아. 뭐라고 대답 좀 해 봐. 이제 그만 적당히 해!"

주위 사람들의 시선을 신경 쓰면서 엄마는 낮은 목소리로 말하며 아스카의 손등을 힘껏 꼬집었다. 너무 아파 아스카는 눈물이 났다.

엄마는 옆으로 홱 돌아앉았다. 그대로 아스카가 기차에 탈 때까지 엄마는 미간을 찌푸리며 미소 한 번 보이지 않았다.

*

아스카가 멍하니 있자 할아버지는 허리를 구부려 아스카의 얼굴을 들여다보았다. 미소짓는 할아버지의 눈이 아스카의 겁먹은 눈을 보고 있다.

"잘 왔다. 아스카가 온다니까, 할머니는 너한테 맛있는

2. 잠자는 나무   41

것 해 먹인다며 아침부터 아주 바쁘단다. 기다리고 있을
거야."

할아버지는 아주 부드럽게 말했다. 아스카가 지금까지
느낀 적이 없는 따뜻함이었다.

할아버지 집은 우쓰노미야 시가지에서 조금 떨어진 조
용한 곳에 있었다.

아스카는 할아버지가 운전하는 차를 타고 스쳐 지나가
는 창밖의 풍경을 보고 있었다. 우쓰노미야에 온 건 세
살 이후 처음이라 기억이 없을 텐데 아스카는 이상하게
도 정겨운 느낌이 들었다.

시내를 빠져나가자 집들이 띄엄띄엄해지고 밭이 많아
진다.

아스카가 살고 있는 요코하마의 집들이 빽빽하게 들어
선 도시의 거리 풍경과는 상당히 달랐다. 하늘을 향해 팔
과 다리를 마음껏 펼 수 있을 것 같은 여유가 느껴진다.
왠지 숨을 쉬는 것이 편하다고 아스카는 생각했다.

"우리 아스카, 혼자 기차 탄 건 처음일 텐데 불안하지
않았니?"

할아버지가 말했다. 아스카는 고개를 돌려 할아버지의
옆얼굴을 보았다. 앞을 본 채 할아버지는 말을 계속했다.

"나오토가 전화를 했더구나. 아스카를 잘 부탁한다고
하더라. 못 본 사이에 아주 의젓해졌어."

아스카는 다시 창밖을 보았다. 초록의 잔물결이 이는 논이 보였다. 바람에 흔들리는 초록 이삭은 태양빛을 받아 빛나고 있다.

"편안히 하면 되는 거야, 몸도 마음도. 그렇지— 아스카 —?"

할아버지의 말은 뒤가 길게 끌린다. 서둘러 대답을 찾지 않아도 될 것 같아 아스카는 안도의 한숨을 내쉬었다.

자동차로 얼마나 달렸는지 모를 정도로 아스카는 창밖의 경치에 정신이 팔려 있었다.

논이 다시 밭으로 이어지고 조금씩 집들이 늘어난 곳에서 할아버지는 차를 세웠다.

"자, 다 왔다, 아스카. 네 엄마가 태어나 자란 집이다."

할아버지는 아스카에게 부드러운 미소를 지으며 말했다. 아스카는 커다란 눈을 더욱 크게 떴다. 나무에 둘러싸인 오래되고 커다란 집에 지금은 할아버지와 할머니 두 분만 살고 있다. 어릴 적 엄마의 추억이 가득 담긴 집. 아스카는 마음 한구석이 찌릿찌릿 아팠다.

고개를 숙이고 할아버지 뒤를 따라가는 아스카를 달콤한 향기가 맞이해 주었다.

솜털 같은 예쁜 꽃잎이 사뿐히 아스카의 어깨에 떨어진다. 올려다보니 분홍색 꽃이 나무를 덮듯이 활짝 피어 있었다.

정말, 예쁘다……. 아스카의 입술에서 후— 하고 감탄의 한숨이 새어 나왔다.

"잠자는 나무란다. 본래 이름은 자귀나무인데, 밤이 되면 잎을 닫고 잠을 잔단다. 할아버지가 어릴 적엔 잎이 열리고 닫히는 순간을 보고 싶어서, 아침 일찍부터 이 나무 밑에서 기다리곤 했지."

할아버지는 그때가 생각나는 듯 이야기했다.

"이 나무 껍질을 상처 난 곳에 붙여 두면 아주 씻은 듯이 낫지. 옛날엔 신세를 많이 졌어."

할아버지는 잠자는 나무를 올려다보며, '하하하' 하고 소리내어 웃었다. 어릴 적 할아버지의 얼굴이 가지 끝에 달려 있는 것 같아 아스카는 황급히 눈을 비볐다.

바람이 불어 잠자는 나무가 흔들렸다.

분홍색 꽃잎이 나풀나풀 바람 속을 떠다니다 아스카의 어깨와 머리 위로 떨어진다. 아스카는 쭈그리고 앉아 발밑에 떨어진 꽃잎을 주웠다. 주머니에서 꺼낸 티슈에 정성스럽게 꽃잎을 싸서 손가방에 넣었다.

아스카가 잠자는 나무에 완전히 마음을 빼앗긴 모습을 할아버지는 싱글거리며 보고 있었다.

"아휴— 우리 아스카 많이 컸구나."

집안에서 할머니가 뛰어나왔다.

할머니는 꿈을 꾸는 것같이 멍한 아스카의 얼굴을 양

손으로 안았다. 마늘 냄새가 확 풍겼다. 할머니의 얼굴은 웃음으로 가득했다.

"잘 왔다, 아스카."

할머니는 아스카를 꼭 껴안았다. 할머니, 할아버지는 아스카의 몸이 긴장으로 굳어지는 것을 보았다. 아스카는 안기는 것에 익숙하지 않았다.

"피곤하겠다, 아스카. 자 어서 안으로 들어가 푹 쉬자꾸나."

할아버지가 아스카의 등을 가볍게 두드리며 말했다. 숨을 멈추고 있던 아스카는 할머니에게서 떨어지자 '하—' 하며 숨을 내쉬었다.

할아버지와 할머니는 서로 마주 보며 슬픈 듯 눈살을 찌푸렸다.

*

할아버지 집 뒤쪽에는 넓은 밭이 있고 채소도, 꽃도, 과일 나무도 아주 많이 있었다.

"이건 복숭아나무야. 심은 지 44년이나 됐지. 매년 달고 맛있는 복숭아를 먹게 해 준다. 아스카의 이모가 태어난 해에 심은 거란다."

할아버지는 복숭아나무를 쓰다듬으며, "그래, 하루노가 벌써 마흔네 살이 됐구나"라고 작게 중얼거렸다. 아스카가 옆에 있는 것도 잊은 듯이 할아버지는 복숭아나무를 오랫동안 올려다보았다. 아스카는 그동안에 맛있어 보이는 복숭아를 여러 개 찾아냈다.

이윽고 할아버지는 쓸쓸한 듯 웃으며 말했다.

"하루노 이모는 오랫동안 아팠지. 열여섯 살 어린 나이에 저 세상으로 가버렸단다."

아스카는 깜짝 놀라 할아버지 얼굴을 보았다. 엄마에게 하루노라는 언니가 있었다는 사실을 아스카는 모르고 있었다. 보기만 해도 얼굴을 찌푸릴 정도로 엄마는 복숭아를 싫어했다. 맛있는데 왜 그럴까 하고 아빠도 나오토도 의아해했다. '언니 생각이 나 너무 슬퍼서 그랬을지도 모르겠다'고 아스카는 생각했다.

할아버지는 아스카보다 앞서 걸어갔다. 감나무, 무화과나무, 사과나무……. 할아버지는 허리에 손을 대고 가슴을 뒤로 젖혀 초록 나무들을 올려다보았다. 할아버지 옆에서 아스카도 똑같이 허리에 손을 대고 가슴을 뒤로 젖혀 할아버지가 보고 있는 쪽을 올려다보았다.

'찌리리' 하는 작은 새의 울음소리와 나뭇가지를 지나는 바람 소리가 들린다. 여름 햇살이 수그러든다. 자연의 흐름 속에 시간이 서서히 흐르고 있다.

"이건 배나무다. 나오토가 태어난 해에 심었으니까 지금 열네 살이 되었구나. 이제 겨우 좋은 열매를 맺기 시작했단다.”

줄기를 쓰다듬으면서 할아버지는 배나무를 올려다보았다. 초록 잎이 흔들리고 아직 작은 하얀 열매가 여러 개 얼굴을 보였다.

‘오빠 좋겠다’ 라고 아스카는 생각했다. ‘오빠의 생일은 다들 기억해 주는구나’ 라고 생각하니 조금은 샘이 났다. 아스카는 나무 밑동을 톡톡, 발로 찼다.

할아버지가 이리 오라며 손짓을 했다. 아스카가 옆으로 가자 할아버지는 아스카의 어깨에 손을 얹었다. 둘이서 함께 올려다본 나무에는 초록 잎에 싸인 오렌지색 열매가 여러 개 빛나고 있었다.

“이건 살구나무야. 아스카가 태어난 해에 심었지. 살구는 말이다, 옛날부터 아름다움을 나타내는 나무라고 한단다. 약도 되고 잼도 만들 수 있지. 이제 겨우 열한 살인데도 아주 실한 열매를 맺는구나.”

할아버지는 팔을 뻗어 잘 익은 살구 하나를 땄다. 그리고 아스카의 손바닥에 올려놓았다. 오렌지색의 윤기 나는 살구가 아스카의 손 위에서 데굴데굴 움직였다.

아스카는 가슴이 두근거렸다.

— 제 생일을 기억하고 계셨군요.

— 고맙습니다, 할아버지.

할아버지 품에 뛰어들어 매달리고 싶을 만큼 아스카는

기뻤다.

대지에 단단히 뿌리를 내리고 가지가 휘어질 정도로 열매를 맺는 아스카의 나무가 있었다.

아스카는 할아버지를 흉내 내어 줄기를 쓰다듬은 후, 뺨을 대고 말을 걸었다.

─ 안녕하세요, 잘 있었나요?

─ 처음 뵙겠습니다, 아스카예요.

아스카의 머리 위에서 쏴쏴─ 나뭇잎 스치는 소리가 난다. 바람이 지나가는 소리가 난다.

＊

할아버지와 할머니의 아침은 빠르다. 비가 오지 않는 한 매일 아침 밭에 나간다.

"잘 잤니? 예쁘게 피었구나."

"오, 색이 참 곱구나."

채소와 꽃들에게 말을 걸고, 풀을 뽑고, 필요한 여러 일들을 한다.

아스카도 아침 일찍 일어나게 되었다. 대바구니를 들고 할아버지 뒤를 따라 걷는다. 샌들을 신은 맨발을 아침 이슬에 적시며 밭이랑을 걸어간다. 걸으면서 아스카는 몇 번이나 크게 심호흡을 한다. 이른 아침 대기의 상쾌함은 아스카에게 닫힌 마음의 문을 열 수 있는 용기를 줄 것 같은 기분이 들었다.

아침밥을 푸자, 갓 찐 파릇파릇한 강낭콩 냄새가 코를 찔렀다.

"아스카야, 입 벌려 봐."

할머니가 아스카의 작은 입에 빨갛게 익은 나무딸기를 톡 하고 넣었다.

"어때, 맛있니? 이따 할머니랑 같이 잼 만들자."

아스카는 눈을 감고 나무딸기의 달콤한 맛을 느껴 보았다. 딸기의 달콤한 향이 가슴 깊숙이 스며 왔다.

"히익."

할아버지가 준 양배추 잎에서 애벌레가 쏙 하고 얼굴을 내밀었다. 아스카는 깜짝 놀라 양배추와 대바구니를 내던지고 말았다.

할아버지는 웃으면서 양배추를 줍더니 커다란 손으로 애벌레를 쓱 잡아 다른 양배추 안에 넣었다.

쭈그리고 앉아 할아버지는 애벌레를 보고 있다. 아스카도 할아버지 옆에 쭈그리고 앉았다.

양배추 잎 속으로 돌아간 애벌레는 뿔을 흔들며 열심히 양배추를 갉아먹고 있다.

가만히 보고 있자니 아스카는 애벌레가 귀엽다는 생각이 들었다.

＊

　아스카가 우쓰노미야에 온 지 3주가 지났다. 엄마로부
터는 전화도 편지도 없었다. 가끔 엄마가 없는 틈을 타
나오토가 전화를 걸었다. 하시모토 선생님의 편지를 보
내주는 것도 나오토였다.

　"하시모토 선생님이 학교는 신경 쓰지 않아도 되니까
편히 쉬고 오래. 아— 나도 가고 싶다. 아스카는 좋겠다,
좋겠어."

　익살맞은 나오토의 목소리에 아스카는 미소를 지었다.
대답을 걱정하지 않아도 되는 나오토의 전화가 아스카는
고마웠다.

　"이크, 엄마다. 그럼 다음에 또 걸게, 아스카."

　나오토의 말끝에 "나오토, 엄마 왔다!" 하는 엄마의 밝
은 목소리가 들렸다. 오랜만에 듣는 엄마의 목소리는 오
랫동안 아스카의 귓가에 맴돌았다.

　그날 밤 아스카는 꿈을 꾸었다.

　요코하마. 아스카의 집—.

　아파트 7층에 아직 어린 아스카가 있다. 엄마를 찾으며
울고 있다. 엄마의 웃는 소리가 들린 것 같아 방문을 연
다. 방안은 끝도 없는 어둠. 발을 들여놓는 순간 아스카
의 몸은 어둠 속으로 빨려 들어간다. 손발을 내저으며 여
기저기 잡을 만한 것을 찾는다. 무언가가 손에 닿았다.

엄마의 손이다.

"살려줘! 엄마!"

잡으려 하는 아스카의 손을 엄마는 뿌리친다. 아스카의 비명과 엄마의 웃음소리. 어둠 속으로 점점 빨려 들어가는 아스카. 어둠의 구멍 위에서 아스카를 내려다보고 있는 엄마가 말한다.

"잘 가라, 아스카. 넌 태어나지 말았어야 했어."

아스카는 가위에 눌려 울고 있었다.

아스카의 우는 소리에 할아버지도 할머니도 놀라 일어났다. 할아버지는 아스카의 손을 잡고 수건으로 눈물을 닦았다.

"아스카, 아스카, 일어나."

할머니는 아스카를 안고 몸을 흔들며 뺨을 쳤다. 잠에서 깨었어도 아스카는 한동안 할머니 팔에 안긴 채 흐느껴 울었다.

마음 깊숙이 쌓여 있던 것이 일시에 터진 듯한 느낌이었다.

할아버지가 따뜻한 우유를 갖다 주었다. 아스카는 아기로 돌아간 것처럼 할머니에게 안겨 우유를 마셨다. 꿀을 탄 따뜻한 우유는 정말 맛있었다. '외로움도 슬픔도 싹 없애주는 신비한 마법의 음료 같아' 하고 아스카는 생각했다.

"아스카, 할아버지 눈을 보고 잘 들어라."

할아버지는 말에 힘을 주어 이야기했다. 할아버지의 커다란 손이 아스카의 손을 꼭 쥐고 있다.

"안심해도 돼. 할아버지는 아스카를 지키기 위해서라면 뭐든 할 거야. 어리광도 좋아. 할아버지는 아스카가 어리광을 부리는 게 아주 기쁘거든."

할아버지의 눈과 아스카의 눈이 마주쳤다. 아스카의 가슴이 뭉클해졌다.

아스카의 머리를 쓰다듬으면서 이번에는 할머니가 말했다.

"아스카야, 할머니는 아스카를 아주 많이 사랑한단다."

— 하시모토 선생님, 행복이란 정말 기분 좋은 거예요.

— 아스카는 지금 행복을 느껴요.

— 할아버지와 할머니가 저를 소중하게 생각해 주셨어요……

＊

할아버지는 뒷마당 연못가에서 꿀벌을 치고 있다. 두 개 나란히 놓은 네모난 상자에 붕붕, 날갯짓 소리를 내며 꿀벌들이 드나들고 있었다. '쏘이면 큰일이야' 하고 아스카는 꿀벌의 날갯짓 소리가 날 때마다 목을 움츠리고,

손으로 얼굴을 가렸다. 그런 아스카를 보고 할아버지는 조금 정색한 얼굴을 했다.

"지렁이도 밟으면 꿈틀한다는 속담을 알고 있니?"

아스카가 세게 고개를 가로젓자 머리에 살짝 얹혀 있던 밀짚모자가 휙 하고 벗겨졌다. 할아버지는 허리를 구부려 밀짚모자를 줍더니 아스카의 길고 부드러운 머리 위에 톡 하고 얹었다. 그리고 아스카를 쳐다보며 할아버지는 말했다.

"아무리 작고 힘이 약한 것에도 의지가 있다, 깔봐선 안된다, 그런 뜻인데 말이야……."

아스카의 눈이 더욱 커졌다. 아스카의 슬픔과 할아버지의 말이 부딪쳐 가슴이 쿵 하고 내려앉았다.

"이 세상에 태어난 것은 모두 소중한 마음을 갖고 있는 똑같은 생명들이라는 가르침이라고 할아버지는 생각한다. 할아버지는 벌레에게도 마음이 있다고 생각한단다. 어때, 그렇게 생각하면 즐겁지 않니? 친구들이 많이 생겨 마음이 아주 풍요로워질 거다."

할아버지는 목에 걸고 있던 하늘색 수건으로 얼굴의 땀을 닦으며 말했다.

"아니 어쩌면 풀이나 꽃, 벌레가 인간을 관찰하고 있을지도 모르지. 적인지 아니면 자기편인지를 확실히 구분하고 있을지 몰라. 자연과 함께 살다 보면 그렇게 생각될

때가 종종 있단다.”

할아버지와 아스카는 나무 그루터기로 만든 의자에 나란히 앉았다.

“꿀벌은 영리한 곤충이야. 자기 적을 아주 잘 알고 있지. 아스카처럼 들썩거리고 있으면 벌도 경계할걸? 공격 당했다고 생각해 반격해 오지. 무섭다는 생각이 들 때에는 가만히 상대의 태도를 지켜보는 게 좋단다. 먼저 상대를 믿어 보는 거야.”

아스카에게 미소짓는 할아버지의 이마에 꿀벌이 날아와 앉았다. 아스카는 가슴이 두근거렸다. 할아버지가 가만히 있자 꿀벌은 이내 다시 날아갔다.

“쏘일 때도 가끔 있긴 하지만 그것도 나름대로 좋은 체험이 되지. 아스카야, 자신의 입장에서만 보면 사물의 본모습을 보지 못한단다. 상대를 믿는 것, 용서하는 것은 자신을 소중히 하는 것이기도 해.”

할아버지가 한 말이 어려운지 아스카는 가만히 생각하고 있다. 무언가를 생각할 때 아스카는 미간을 찌푸리며 콧방울을 발름거리는 버릇이 있었다. 할아버지는 아스카의 얼굴을 보고 유쾌한 듯이 웃었다.

“하하하, 우리 아스카에겐 조금 어려운 모양이구나. 천천히 생각하면 돼. 시간은 얼마든지 있으니까.”

할아버지는 아스카의 어깨를 가볍게 토닥거려 주고 채

소밭으로 갔다.

아스카는 꿀벌 상자가 보이는 곳까지 다가갔다. 주위 공기가 움직이지 않도록 살그머니 쭈그리고 앉았다. 마음속으로 꿀벌에게 말을 건다.

— 꿀벌님, 당신을 믿어요. 난 당신 편이에요. 그러니까 쏘지 말아요. 아픈 건 싫어요…….

말을 걸면서 눈을 감자 마음이 차분해진다. 마음을 놀라게 하는 두려움과 불안의 파도가 서서히 잔잔해진다. 지금 아스카의 마음에 있는 것은 꿀벌의 잔잔한 날갯짓 소리뿐이다.

지금까지 나는 누군가를 믿은 적이 있었나?

이렇게 마음을 비우고 누군가에게 마음을 맡긴 적이 있었나?

'사실은 엄마를 믿지 않았어'라고 아스카는 생각했다. 언제나 자신이 상처받을까봐 두려워하고 버둥대며, 마음을 닫고 있었던 것 같다. 엄마 입장이 되어 생각해 본 적은 한 번도 없었다.

텅 빈 아스카의 마음에 물이 솟구치듯 감정이 되살아났다. 눈물이 나서 이유도 모른 채 아스카는 울었다.

할아버지는 아스카의 작은 어깨가 흔들리는 것을 조금 떨어진 곳에서 잠자코 지켜보고 있었다.

아스카의 슬픔을 나무 사이를 지나는 바람이 할아버지
마음에 전해 주었다.

"참을 것 없다, 아스카. 실컷 울면 돼……."

할아버지는 중얼거리며 하늘색 수건을 눈에 대었다.

3. 소 포

"아스카 목소리가 아직 나오질 않네요. 이제 꽤 진정된
것 같은데."

찻잔에 차를 따르며 할머니가 말했다. 할아버지는 읽
고 있던 신문을 내리고 할머니를 쳐다보았다.

"서두를 것 없어."

신문을 접고 돋보기를 벗은 할아버지는 찻잔을 들었
다.

"아스카 병을 고치겠다는 생각은 말아, 할멈. 그 작은
가슴에 가득 찬 괴로움과 슬픔을 아스카가 다 털어 버릴
때까지 그냥 가만히 지켜봐 주자고. 우리에게도 아스카
에게도 다행히 시간은 많이 있어."

할아버지는 그렇게 말하고 맛있게 차를 한 모금 들이
켰다.

활짝 열어놓은 창을 통해 당아욱의 향기가 흘러 들어

왔다.

할머니는 벗어 던진 채 바닥에 놓여 있는 아스카의 밀짚모자를 집어들었다. 여름의 향기가 남아 있었다.

"난 할멈이라 이제 죽을 날이 멀지 않았으니 어서 빨리 우리 아스카의 목소리를 듣고 싶어요. 영감은 젊을 때부터 언제나 시간이 많이 있다고 하는군요."

할머니는 할아버지가 '할멈'이라고 해서 약간 화가 났다. 할아버지는 웃으면서 말했다.

"죽을 날이 멀지 않았다고 초조해해도, 시간이 많이 있다고 여유를 부려도, 어차피 주어진 시간은 변하지 않아. 그러니 적어도 기분만은 느긋하게 하는 것이 좋지 않겠어요, 아가씨?"

할머니가 웃으며 할아버지를 쳐다보았다.

"그래요. 아스카와 함께 느긋한 마음으로 가을을 즐겨야겠어요."

할머니는 그렇게 말하고 맛있게 차를 마셨다. 차의 따뜻한 온기가 기분 좋은 계절이 되었다.

＊

아스카는 배나무 위에 올라앉아 하늘을 보고 있었다.

멍하니 하늘을 보고 있으니, 아스카는 자신이 하늘에 떠 있는 것 같은 기분이 든다. 구름과 하나 되어 하늘을

흘러가는 듯한 편안한 마음이 된다.

마음이 어쩌면 이렇게 편안해질까.

할머니의 꽃밭에는 빨갛고 하얀 싸리꽃이 활짝 피어 있다. 화려하게 여름을 장식했던 다알리아와 해바라기는 보이지 않았다.

도시인 요코하마에서 아스카에게 계절의 변화를 가르쳐 준 것은 상점의 쇼윈도였다. 쇼윈도에 장식된 옷과 물건들이 계절을 재촉했다.

할머니의 꽃밭에서는 누가 계절을 가르쳐주는 걸까.

사계절의 변화에 맞춰 꽃은 피고 진다. 꽃과 열매에 그 순서를 가르쳐주는 것은 누구일까.

바람이 전해주는 걸까? 바람은 어디에서 불어오는 거지?

"아스카야, 시간은 바람과 같단다. 늘 흘러가지."

아스카는 팔을 뻗어 손가락 끝으로 바람을 느끼면서 할아버지가 한 말을 떠올렸다.

"아무리 괴롭고 슬픈 일도 언젠가는 흘러간단다. 시간에 얽매여 있어서는 안돼요. 앞으로 올 즐거운 시간을 놓쳐 버리거든."

아스카의 굳게 닫힌 마음의 문이 바람에 밀려 조용하게 움직인다.

그날 오후ㅡ.

엄마가 보낸 소포가 도착했다. 갈아입을 옷가지와 참고서가 가득 들어 있었다.

"이런, 또 쓸데없는 것이 잔뜩 들어 있구나."

아스카를 도와 소포 상자를 열면서 할아버지가 말했다.

"쉬는 데 필요 없는 것들뿐이야."

할아버지는 실망한 듯 어깨를 축 늘어뜨렸다.

"네 엄마도 참. 좀 더 중요한 것을 넣어 주었으면 좋았을 텐데 말야. 우리 아스카가 제일 기다리고 있는 게 뭔지 그렇게 모를까? 생각이 부족한 엄마라서 아스카가 속상하겠구나."

아스카는 눈을 크게 뜨고 할아버지를 보았다.

— 엄마가 생각이 모자란다고요?

— 엄마도 실수할 때가 있어요?

할아버지의 말은 아스카의 몸 속을 뛰어 돌아다니며 긴장된 마음을 풀어주었다.

엄마는 아스카를 지배하는 위대한 여왕이었다.

'엄마가 원하는 대로 달려 보자' 라고 생각하면 아스카는 오히려 긴장되어 움직일 수가 없게 된다. 그렇지만 나오토는 엄마의 요구를 척척 처리하며 빠른 속력으로 달린다. 제자리에 선 채 달리지 못하는 아스카에게 냉정한 엄마의 말이 매서운 채찍처럼 용서 없이 내리쳐친다.

아스카는 엄마에게 혼이 날 때마다 자신이 사라지는 것 같았다. 자신의 존재가 점점 없어지는 것 같은 기분이 들었다. 엄마의 말을 따르느냐, 도망치느냐, 그 두 가지 외에 어떤 길이 있었을까 하고 아스카는 생각했다.

똑똑한 나오토조차 엄마 앞에서는 무력했다. '엄마가 하는 말은 전부 옳다' 라고 아스카는 여기고 있었다.

엄마에게도 실수가 있다니…… 믿어지지 않았다.

"우리 아스카 좋겠구나. 엄마 편지, 기다리고 있었는데."

할머니가 빨래를 걷어 방안으로 들어왔다.

"편지는 없어. 참고서와 교과서와 공책, 그리고 옷가지 몇 벌이 들어 있을 뿐이야."

화가 난 듯 할아버지가 말했다.

"저런, 어미가 돼서 인정머리 없기는. 애가 걱정도 안 되나?"

할머니는 아스카 앞에 털썩 주저앉았다. 열심히 손을 움직여 빨래를 개면서도 무언가를 생각하는 것 같았다.

흠— 하고 소리를 내면서 할아버지가 일어섰다.

"걔가 큰 잘못을 하고 있는 거야."

혼잣말처럼 할아버지가 말했다.

할머니는 고개를 끄덕인 후 자리에서 일어나 할아버지

뒤를 따라 밖으로 나갔다.

방에 혼자 남은 아스카는 참고서를 다시 상자에 차곡차곡 넣었다.

아스카가 제일 기다리고 있는 것—.

우체부 아저씨의 오토바이 소리가 날 때마다 급히 마당으로 뛰어나가는 아스카를 보면 엄마의 편지를 얼마나 기다리는지 누구나 쉽게 알 수 있었다. 하지만 아스카는 정말 의아했다. 할아버지와 할머니가 어떻게 아스카 마음을 알았을까.

엄마에겐 통하지 않았던 아스카의 마음이 할아버지, 할머니에겐 왜 이렇게 잘 통하는 걸까. 아스카는 고개를 갸웃거리며 생각한다.

소포 상자 안에 엄마의 편지가 들어 있지 않은 충격보다 할아버지와 할머니가 자신의 마음을 알아주었다는 기쁨이 아스카에겐 훨씬 컸다.

아스카는 너무 기뻐 가슴이 뭉클해졌다.

부엌에서 맛있는 카레 냄새가 난다. 밀가루와 카레 가루를 섞어 만드는 할머니의 카레는 아스카가 제일 좋아하는 메뉴였다.

아스카는 참고서를 넣은 상자를 서둘러 닫고 꼬르륵 소리가 나는 배를 문지르며 부엌으로 뛰어갔다.

복도를 뛰어가는 아스카의 등뒤에서 딸랑 하는 풍경

소리가 슬프게 들렸다. 여름은 이미 끝나가고 있었다.

*

"이게 하루노 이모란다. 그러고 보니 우리 아스카가 이모하고 아주 많이 닮았구나."

양지 쪽 툇마루에서 할머니와 아스카는 등을 굽혀 앨범을 보고 있었다. 일직선으로 자른 앞머리에 커다란 눈을 반짝거리며 웃고 있는 여자아이가 앨범 속에서 가만히 아스카를 보고 있다.

"하루노 이모는 태어날 때부터 심장이 좋질 않았단다. 가만히 누워 있어야만 했지. 발작을 일으키면 보고 있을 수 없을 정도로 괴로워했어. 할머니는 그때 그런 딸에게 아무것도 해줄 수 없는 자신이 너무 원망스러웠단다."

할머니의 눈에 눈물이 고였다.

"할아버지와 함께 하루노 이모를 살리려고 무척 애를 썼지. 하지만 좋은 것, 즐거운 것이라곤 하나도 모른 채 열여섯 어린 나이에 저 세상으로 가버렸단다. 남겨진 우리도 무척 괴로웠어. 차라리 내가 죽는 게 낫지, 자식 먼저 보내고……."

할머니는 그렇게 말하고 무릎 위에 놓아 두었던 수건으로 눈물을 닦았다.

"그때는 매일 울기만 했어. 눈물이 마르질 않았지."

할머니는 그때가 생각나는지 멍하니 밖을 쳐다보며 말했다.

아스카는 다시 한번 앨범 속의 사진을 보았다. 하루노 이모의 곧은 눈썹도, 커다란 눈도 아스카와 똑같았다. 하루노 이모와의 만남은 소중한 것을 발견한 기쁨과 그리움이 되어 아스카의 몸을 뜨겁게 하였다.

아스카는 혼자가 아니었다.

아스카 안에는 하루노 이모도, 엄마도, 할머니도, 할아버지도, 또 그 위의 할머니와 할아버지도 모두 살아 있다. 아스카는 길게 이어진 생명의 선에 감싸여 살고 있었다. 몸 속을 흐르는 따뜻한 피가 느껴졌다.

사진 속에서 하루노 이모가 웃고 있다.

"아스카."

문득 하루노 이모의 목소리가 들린 것 같아 아스카는 고개를 들었다. 아스카를 보고 있는 할머니와 눈이 마주쳤다.

"즐거운 것들을 많이 찾아라, 아스카. 하루노 이모 몫까지, 많이……."

아스카의 얼굴을 양손으로 감싸며 할머니가 말했다. 할머니의 눈에는 아직 눈물이 고여 있었다.

바람이 불어 훌훌 넘겨진 앨범 속에서 어릴 적 엄마의 어두운 얼굴이 보였다.

*

아스카가 외갓집에 온 지 4개월이 지났다.

"따분하지 않을까?"

밭 한가운데 쪼그리고 앉아 있는 아스카를 보고 할머니가 말했다. 종종 몇 시간씩 나무에 올라가 내려오지 않을 때도 있었다. 할머니가 걱정스러울 정도로 아스카는 멍하니 시간을 보내고 있었다.

"괜찮아, 아스카는 꽤 바쁜 것 같아. 마음속에 부족한 것이 많이 있었을 거요. 마치 가뭄이 든 논처럼 아스카의 마음은 말라 있었던 거야."

눈을 가늘게 뜨고 할아버지는 말했다.

"마음이 메마르면 인간은 살 수 없어요. 마음에는 필요 이상으로 많은 것들을 남겨 두는 게 좋아요. 그렇지 않으면 힘들 때 꿋꿋이 버틸 수 없는 마음 약한 인간이 되고 말지."

흐트러진 머리를 매만지면서 할머니는 고개를 천천히 끄덕였다.

"아스카에겐 나무와 바람의 목소리가 들릴지도 모르겠네요."

"마음의 목소리로 자연과 이야기를 나누고 있을 거요."

미소를 지으며 할아버지와 할머니는 아스카의 행동을 지켜보고 있었다.

연못 옆의 평지로 가더니 아스카는 무릎을 꿇었다. 검은 흙 위에 귀를 바싹 댄다.

"저런, 옷이 더러워지겠네."

눈살을 찌푸리는 할머니를 할아버지는 엄한 얼굴로 바라보았다.

할아버지는 다시 부드러운 표정을 하고 아스카 옆으로 갔다. 그리고 아스카처럼 무릎을 꿇고 젖은 흙 위에 귀를 댔다.

아무 말도 하지 않고 할아버지는 아스카와 마음을 모아 흙의 소리를 들었다. 땅 아래에서 희미하게 웅- 웅- 하는 소리가 난다.

두 사람의 머리 위에서 등에가 날갯짓 소리를 내며 날고 있었다.

"우리 아스카, 생명을 찾고 있었니? 풀과 나무와 흙의?"

목욕탕에서 뺨에 묻은 흙을 닦으며 할아버지가 물었다. 아스카는 크게 고개를 끄덕이며 웃었다. 처음으로 보이는 웃는 얼굴이었다.

뜻밖의 아스카의 웃는 얼굴에 할아버지의 가슴은 찡해졌다.

해피 버스데이

*

저녁 식사를 마치고 아스카는 엄마가 열여덟 살 때까지 지냈던 방에 들어가 책을 읽었다. 그것이 아스카의 일과가 되었다.

유리문으로 된 책장에는 빈틈이 없을 정도로 빽빽하게 책이 꽂혀 있었다.

"네 이모는 책을 아주 좋아했지. 할아버지가 고등학교 선생님이었을 때 책을 많이 사다 주셨단다. 하루노 이모는 책 속에서밖에 살 수 없었으니까."

아스카를 이 방에 데리고 왔을 때 할머니는 그렇게 말했다.

『행복한 폴리아나』가 아스카의 책 여행의 시작이었다.

책 여행은 아스카의 마음을 빼앗았다. 행복한 여행과 슬픈 여행을 몇 번이나 반복하면서 화내고, 울고, 웃었다. 밀려왔다 밀려가는 감정의 파도에 던져지면서 아스카의 마음이 눈을 떠간다.

엄마는 아스카의 감정을 닫아 두었다. '훌쩍거리는 애는 딱 질색이야'라며 뺨을 꼬집고, '천박하게 웃지 마'하며 아스카가 웃을 때마다 노려보았다.

엄마는 아스카의 마음이 감정에 따라 자연스럽게 물결치는 것을 막았다.

마음에 파도가 밀려올 때 아스카는 목을 잡고 참았다.

3. 소포 69

목을 너무 세게 잡아서 생겨난 커다란 사마귀를 수술한 것이 다섯 살 때의 여름이었다.

외갓집에 오고부터 아스카는 목을 잡는 것을 잊어버렸다. 마음의 파도가 아무리 크고 사나울지라도 할아버지, 할머니의 커다란 배가 받아 줄 것이라 믿었기 때문이다.

읽은 책을 책장에 다시 꽂아 놓으려다 아스카는 작은 공책을 한 권 발견했다. 손으로 먼지를 털어 내고 아스카는 공책을 펼쳐 보았다.

〈엄마는 정말 싫어! 언니는 더 싫어! 엄마 눈에는 언니만 보이나 봐. 나 같은 건 완전히 잊어버렸어. 응석쟁이 하루노. 빨리 죽어 버렸으면 좋겠어.〉

아스카는 너무 놀라 심장이 멈춰 버릴 것 같았다. 봐서는 안될 것 같은 기분이 들어 얼른 공책을 덮었다.

덮은 후에도 한동안 가슴이 두근거렸다.

갈겨쓴 글씨, 거친 말…… 이걸 쓴 것이 엄마?

두근거리면서 아스카는 다시 한번 공책을 손에 들었다. 표지에 '호리 시즈요'라는 글자가 희미하게 남아 있었다. 틀림없는 엄마 공책이었다.

아스카는 가슴에 손을 대고 눈을 감는다. 마음을 진정시켜 다시 한번 공책을 편다.

〈오늘은 운동회였다. 나는 이어달리기 선수였는데도 엄마는 보러 와주지 않았다. 언니의 상태가 나빠져 어제부터 병원에 간 채 돌아오지 않는다. 언니는 꼭 내가 중요한 날에 나한테서 엄마를 빼앗아가 버린다.〉

〈왜 엄마는 언니만 생각하지? 나하고 말할 때도 딴 생각만 하고. 내 말은 전혀 듣지 않아. 이제 절대로 믿지 않을 거야.〉

〈엄마는 언제나 "시즈요는 건강한 몸을 가져 좋겠구나, 하루노는 가엾게도 너처럼 달릴 수도 없고 학교에 갈 수도 없어"라고 말하며 운다. 난 건강한 몸은 가졌지만, 건강한 마음은 갖지 못했다. 엄마를 독차지할 수 있다면 난 아픈 게 훨씬 행복하다고 생각한다.〉

〈엄마 바보. 나도 엄마가 나한테 상냥하게 대해 주었으면 할 때가 있는데. 엄마, 나 온몸에 열이 나. 오늘만큼은 옆에 있어 줘. 엄마는 언니만 생각해. 정말 죽고 싶어.〉

아스카는 읽으면서 가슴이 아파 왔다. 눈물이 흐른다. 엄마의 슬픔과 아스카의 슬픔이 하나가 되어 밀려오는 것 같았다.

엄마가 가진 큰 힘이 바람 빠진 풍선처럼 쭈그러든다.
아스카는 울면서 마음의 무거움이 점차 줄어드는 것을
느꼈다.

아스카는 창문을 열어놓고 차가운 바람을 쐬었다. 맑
게 갠 밤하늘에는 흘러 넘칠 정도로 많은 별들이 반짝이
고 있었다.

남쪽에 하나, 꼬리를 끌며 별이 떨어진다.

아스카는 손을 모으고 엄마의 행복을 빌었다.

4. 새로운 시작

주위의 산들이 가을색으로 물들었다.

아침저녁으론 차가운 바람이 불고, 밭에 첫서리가 내렸다.

아스카는 대나무 빗자루로 마당의 낙엽을 쓸어모은다. 환기를 위해 조금만 열어놓은 부엌 창으로 비질하는 아스카가 보이자 할머니는 빨래를 하던 손을 멈췄다. 멍하니 아스카를 눈으로 좇으면서 할머니는 엄마로부터 걸려온 전화를 떠올렸다. 30분쯤 전에 전화로 이야기한 아스카 엄마의 말이 할머니의 기분을 어둡게 한다.

"나, 왔소."

등뒤에서 할아버지 목소리가 났다. 아침 일찍 외출했던 할아버지가 돌아왔다. 할머니는 눈물 고인 눈으로 할아버지를 보았다.

"왜 그래? 무슨 일 있었소?"

할아버지는 다급한 목소리로 묻더니 할머니 어깨 너머로 아스카를 찾았다. 창 너머로 비질을 하고 있는 아스카가 보였다.

"조금 전 시즈요한테서 전화가 왔어요. 다음달 초에 이사하게 됐대요. 새집은 같은 요코하마 시인데 아스카는 전학을 가야만 한다나 봐요."

"다음달이면 얼마 남지 않았잖소."

"오래전부터 이사갈 집을 찾고 있었는데 조건에 맞는 아파트가 나왔대요. 그건 좋은데……."

말을 끊고 할머니는 침을 삼켰다.

"내일이라도 아스카를 돌려보내라고. 전학하자마자 애가 학교에 나가지 못한다고 하기가 창피하대요."

할머니가 그렇게 말하자 할아버지는 눈살을 찌푸리며 아주 불쾌한 표정을 지었다.

"아스카에겐 좀더 시간이 필요하니 아직 무리라고 했지요. 그랬더니 엄마한테 맡겨 놓은 것이 잘못이었다면서 전문병원에 가볼 테니 이젠 됐다고……."

결국 말을 잇지 못하고 울먹이는 할머니는 앞치마 자락으로 눈물을 닦았다. 할아버지는 눈을 감고 팔짱을 낀 채 잠시 생각에 잠겼다.

"시즈요한테 전화하고 오겠소."

무뚝뚝하게 그렇게 말하고 할아버지는 전화가 있는 마

루로 갔다. 할머니는 코를 훌쩍거리면서 다시 빨래를 시작했다. 콸콸 쏟아지는 수돗물 소리와 그 차가움으로 초조함을 잊고 싶었다.

빨래를 마치고 할머니는 서둘러 마루로 갔다. 통화를 끝낸 할아버지는 팔짱을 낀 채 허공을 쳐다보고 있었다.

"적어도 4월 새 학기까지 기다리라고 했소. 떨떠름하게 대답했지만 아무튼 그렇게 하기로 했어."

조금 전과 같은 불쾌한 표정으로 할아버지는 말했다.

"어떻게 애 엄마라는 게 아스카 기분은 전혀 생각하지 않아. 애 아버지도 체면만 신경 쓰고. 그게 무슨 부모야! 아스카를 자식으로 생각하기나 하는 거야?"

할아버지는 이마에 핏대를 세우며 화를 냈다.

4개월 정도 여유가 생겼기에 그래도 할머니는 일단 마음이 놓였다.

"요전에 나오토와 통화했어요."

차를 준비하면서 할머니가 말했다.

"아스카의 목소리를 빼앗은 것은 엄마라고, 나오토가 그랬어요. 그 말이 왠지 계속 신경 쓰여요."

"시즈요는 아스카가 반 아이들에게 따돌림당해 그 스트레스가 원인이라고 했잖아?"

아직 화가 풀리지 않은 날카로운 목소리로 할아버지가 말했다.

"네. 하지만 시즈요는 결코 약점을 보이지 않는 애라 사실을 말하지 않았을 거예요. 아스카를 여기에 보낸 것도 나오토가 꼭 그렇게 해야 한다고 말했기 때문인 것 같아요."

할머니의 얼굴이 어두워졌다. 크게 한숨을 내쉬더니 할아버지는 기분 전환이라도 하는 것처럼 밝은 목소리로 말했다.

"자, 후의 일은 다시 생각하면 되고, 당분간 아스카에게는 제 어미가 전화했다는 말 하지 말아요."

할아버지는 그렇게 말하고 자리에서 일어서서 창문을 열고 몸을 내밀어 아스카를 찾았다. 밭에서 철 늦게 핀 국화를 따고 있는 아스카가 보인다. 아스카가 부드러운 미소를 짓고 있는 것처럼 보였다.

바람이 옮기는 계절의 변화를 할아버지의 밭은 아무렇지도 않게 받아들인다. 심한 비바람도, 뜨거운 햇살도 대지는 아무 불평 없이 받아들여 스스로 풍부한 결실로 바꿔 간다.

복숭아나무의 두꺼운 가지 위에 앉아 아스카는 여러 가지를 생각하고 있었다.

꽃은 왜 피는 걸까, 농작물은 왜 열매를 맺는 걸까. 피고, 열매 맺고, 썩는 것은 왜일까.

아스카는 할머니가 제일 좋아하는 꽃이라며 열심히 가

꾸시던 코스모스를 떠올린다.

"활짝 피면 정말 볼 만하단다. 아스카에게 보여주고 싶구나."

할머니는 그렇게 말하면서 부지런히 꽃밭을 손질했다. 여름이 끝날 무렵 코스모스는 아주 예쁜 꽃을 피웠다.

눈을 가늘게 뜨고 할머니가 기뻐한 것도 잠깐이었다. 다음날 폭풍으로 코스모스는 뿌리째 뽑히고 말았다. 아스카는 할머니를 어떻게 위로해야 좋을지 몰라 할머니 등에 꼭 매달렸다.

"하루라도 예쁜 꽃을 보여 줬으니 그것으로 충분해."

금방이라도 울음이 터질 것 같은 아스카의 얼굴을 보고 할머니는 부드럽게 미소를 지었다.

"올 코스모스는 아주 예뻤어, 그렇지 아스카? 비록 하루였지만 상관없어. 열심히 손질한 할머니의 마음을 알아주고 아주 예쁘게 피었으니까. 코스모스도 이 할머니도 그것으로 만족해."

폭풍 후에 툭 뚫린 것 같은 파란 하늘 아래에서 할머니는 웃는 얼굴로 말했다.

할아버지는 자연을 자비라고 했다.

자비로운 비, 자비로운 태양, 지렁이는 땅의 자비로 기뻐한다. 할아버지 밭의 모든 생명은 자연의 자비로움이

었다. 곤충도 동물도 식물도 둥근 원이 되어 함께 살아가고 있다.

아스카의 생명도 자연의 자비로움 가운데 하나일 것이라고 아스카는 생각하게 되었다.

할아버지의 밭에 있으면 슬픔으로만 물들어 있던 아스카의 마음에 많은 자비로움이 찾아 들어온다. 슬픔을 자비로운 비로 바꾸는 신비한 힘이 땅속에서 솟아 나오는 것 같은 기분이 들었다.

까칠까칠한 두꺼운 나무에 기대고 아스카는 살짝 목에 손을 대었다.

어젯밤 할아버지는 아스카의 목에 난 상처를 만졌다. 보라색 피멍이 어린 손녀의 죽은 감정의 흔적이라는 것을 깨닫자 할아버지는 아주 슬픈 표정을 지었다.

"화가 날 때에는 네 맘껏 화를 내거라. 슬플 때에는 실컷 울고. 애써 참을 것 없다."

아스카의 눈을 가만히 쳐다보면서 할아버지는 말했다.

"감정을 죽이는 것은 살아갈 에너지를 잃어버리는 거란다. 이 할아버지가 다 받아줄 테니까, 안심하고 진짜 너를 표현해 보렴."

할아버지의 눈에 눈물이 고였다.

생각하는 것만으로도 가슴이 뜨거워진다. 할아버지의 사랑이 아스카의 닫힌 마음의 문을 녹여 간다. 빨갛게 물든 복숭아 잎이 아스카의 귓가에서 흔들렸다. 쏴―쏴― 바람이 가지를 흔든다.

멀리 보이는 산들을 붉게 물들이고 태양이 서서히 서쪽으로 기울어간다.

주변이 빨갛게 물들었다.

마음속에 맺힌 감정을 완전히 녹여버릴 것 같은 부드러운 빛이 아스카를 감싼다. 아스카는 양팔을 벌려 온몸으로 빛을 받았다.

"아― 따뜻해."

아스카의 입에서 감탄의 목소리가 흘러나왔다. 낯익은, 정겨운 목소리가 들렸다. 아스카는 가슴이 덜컥했다.

헛기침을 한 번 하고 아스카는 마음을 진정했다.

"여보세요."

작게 속삭인다. 아스카의 목소리가 제 귀에 전해졌다. 뜨거운 느낌이 전류처럼 아스카의 몸을 빠져나갔다.

"저, 있잖아요, 아스카는 다시 태어났어요."

울퉁불퉁한 나뭇가지에 뺨을 갖다대고 아스카는 또박또박 말했다.

다시 한번 헛기침을 했다.

"저녁놀, 빨간 고추잠자리……."

아스카는 목을 울리며 통과하는 목소리를 느끼기 위해 노래를 부르기 시작했다.

덧문을 닫으려고 할아버지는 툇마루로 나갔다. 뻑뻑한 덧문을 힘들게 닫은 후였다. 나뭇잎을 흔드는 바람 소리 중에 노랫소리를 들은 것 같은 기분이 들었다. 아스카가 아닐까…… 문득 그런 생각이 들었다. 할아버지의 가슴이 마구 뛰기 시작했다. 서둘러 밭으로 나가 소리가 나는 장소를 찾았다.

"작은 가을, 작은 가을, 찾았네……."

소녀의 맑은 노랫소리가 붉게 물든 저녁 하늘에 울려 퍼진다.

"아스카다……."

할아버지의 얼굴이 기쁨으로 가득하다. 복숭아나무 가지 위에 앉아 있는 아스카의 모습이 또렷이 보였다.

할아버지는 아스카가 눈치채지 못하게 살짝 집으로 돌아갔다.

"어이— 이봐, 빨리, 빨리."

할아버지는 큰소리로 할머니를 불렀다. 긴장한 할아버지의 목소리에 할머니는 앞치마에 손을 닦으며 뛰어나왔다. 할아버지는 불안한 표정을 짓고 있는 할머니의 손을 잡고 밭으로 끌고 갔다.

"아스카한테 무슨 일이 있어요?"

할머니는 떨리는 목소리로 말했다. 할아버지는 할머니를 향해 쉿— 하며 검지손가락을 입에 댔다. 귀를 기울이자 바람에 실려 노랫소리가 들려온다.

할머니는 할아버지 옷자락을 잡아끌었다.

"아스카예요?"

할아버지가 고개를 크게 끄덕였다. 할아버지와 할머니
는 복숭아나무 아래 서서 아스카의 노랫소리를 듣고 있
었다.

할머니는 눈시울을 닦았다. 그리고 작은 목소리로 아
스카의 노래를 따라 부른다. 할아버지는 가볍게 손뼉을
쳐 박자를 맞춘다.

해가 완전히 서쪽으로 기울자 금방 주위가 어두워졌
다. 살살 요령 있게 가지를 타고 아스카가 나무에서 내려
온다. 그동안에도 아스카는 콧노래를 부르고 있다.

나무 아래에 할아버지와 할머니가 서 있는 것을 본 아
스카는 아주 맑은 목소리로 소리쳤다.

"할아버지, 할머니……."

아스카는 할아버지의 품안으로 뛰어들었다.

"고맙습니다."

울먹이는 목소리로 겨우 말했다. 아스카가 오랫동안
할아버지와 할머니에게 말하고 싶었던 단 한마디였다.

많은 말을 하고 싶었지만 아스카는 아무 말도 할 수 없
었다.

할아버지가 아스카의 등을 부드럽게 두드려 주었다.

'오랜 여행을 마치고 아스카의 마음이 돌아왔다'고 할아버지는 생각했다.

할머니는 마음속으로 말했다. '어서 와라, 아스카.'

할아버지와 할머니는 말 대신에 아스카를 꼭 껴안았다.

*

아스카가 할아버지와 할머니의 사랑 속에서 지내는 동안 겨울의 매서운 추위는 바람에 실려 점차 멀어져가고 있었다. 바싹 마른 흙에 작은 초록빛 싹이 얼굴을 내밀었다. 어두운 하늘을 향해 뻗어 있던 나무들의 벌거벗은 가지 끝에 일제히 새싹이 돋기 시작했다.

복숭아나무 가지 끝이 분홍빛으로 물들 무렵 드디어 엄마와 약속한 요코하마로 돌아갈 날이 찾아왔다.

요코하마로 돌아가기 전날, 아스카는 할머니와 미장원에 가서 긴 머리를 산뜻하게 잘랐다.

"아까워라, 애써 기른 머리를."

미장원 바닥에 떨어진 아스카의 머리카락을 주워 들고 할머니는 한숨을 내쉬었다.

"괜찮아요, 할머니. 아스카는 더 이상 엄마 마음에 들려고 애쓰지 않기로 했어요. 사람들이 어떻게 생각하든 아스카는 아스카, 그렇게 생각하기로 했어요."

아스카는 시원시원하고 분명하게 말했다.

"어머나, 너 굉장히 똑똑하구나."

아스카의 머리를 자른 미용사가 놀란 얼굴을 하며 말했다. 할머니는 눈을 가늘게 뜨고 아스카의 달라진 모습을 보고 있었다.

집에 돌아오자 할아버지가 눈을 둥그렇게 뜨며 놀랐다.

"허— 꽤 많이 잘랐구나. 하지만 짧은 머리도 우리 아스카한테 잘 어울리는걸."

"저번부터 이런 스타일로 자르고 싶었어요. 그런데 왠지 목 주위가 허전한 것 같아요."

씩 웃으며 아스카는 할아버지가 좋아하는 과자를 테이블에 펴 보였다.

"간식 드십시다."

따뜻한 차가 담긴 찻잔을 할아버지와 아스카 앞에 놓으면서 할머니가 말했다.

"왠지 아스카 같질 않아."

차를 한 모금 마시면서 할머니는 아스카를 힐끗 본다.

"아냐, 할머니. 아스카 맞아요."

동그란 눈을 반짝이며 아스카가 말했다.

"솔직히 말하면 겁쟁이인 제가 맹세한 표시예요. 할아버지가 말씀하셨잖아요, 화도 슬픔도 기쁨도 모두 소중히 하라고. 그렇게 하겠다고 저 맹세했어요. 하지만 뭐든 증거가 없으면 맹세를 한 것조차 잊어버릴 것 같은 기분이 들었어요. 그래서 매일 거울을 보고 맹세를 떠올리도록 한 거예요."

양손으로 든 찻잔을 흔들며 아스카는 부끄러운 듯 고개를 숙인다. 할아버지, 할머니는 뜻밖의 어른스런 아스카의 말에 눈을 크게 떴다.

"그래도 맹세를 지키지 못할 정도로 제가 겁쟁이가 되면 다시 여기에 와도 되지요?"

"되고말고. 얼마든지 오렴. 언제라도 괜찮아."

할아버지는 봄의 따사로운 햇살처럼 따뜻한 눈으로 아스카를 보았다.

"그 대신 제가 그 맹세를 지키면 할아버지가 상을 주세요."

"상? 그래, 좋다. 약속하마."

아스카의 웃는 얼굴에 할아버지는 가슴이 뭉클해졌다. 어떤 상을 줄까. 뭐가 좋을까. 할아버지는 그날 밤 아스카에게 줄 상을 생각하느라 뜬눈으로 밤을 지샜다.

*

다음날 아침, 아스카는 혼자 기차를 타고 요코하마로 갔다. 할아버지와 할머니는 우쓰노미야 역까지 배웅해

주었다.

"갔다 올게요."

울면서 애써 미소를 짓고 아스카는 힘차게 손을 흔들었다. 집으로 돌아오는 차 안에서 할아버지도 할머니도 슬퍼 눈물이 날 것 같았다. 집에 돌아와서도 할아버지는 멍하니 아스카 생각을 하고 있었다.

"벌써 요코하마에 도착했겠죠?"

할머니는 벽에 걸린 시계를 올려다보며 말했다.

"시즈요, 그 애는 왜 아스카를 데리러 오지 않았는지 모르겠어요. 아스카가 여기 있는 동안에도 편지 한 통 없었잖아요. 왜 그렇게 무심한 어미가 되었는지, 원."

할머니는 아스카가 걱정이 되었다. 할아버지는 뭔가 생각하는 얼굴을 했다. 아스카가 이곳에 왔을 때 밭을 보여주면서 마음에 걸렸던 것이 있었다.

"밭에 말야, 시즈요 나무가 없었어. 하루노와 나오토, 아스카 나무는 있는데 시즈요 나무만 없었소."

할머니는 멍하니 먼 곳을 바라보았다.

"시즈요가 태어났을 때에는 하루노 상태가 좋지 않아 그럴 짬이 없었죠."

할머니의 말에 할아버지는 손바닥으로 턱을 문지르며 말했다.

"우린 시즈요를 제대로 돌보지 못했어. 언제나 하루노

가 우선이었지. 외로웠을 거요. 시즈요한테는 나쁜 부모
였소."

"시즈요는 어릴 적부터 똑똑한 아이여서 혼자서도 잘
할 거라는 생각에 신경을 쓰지 않았어요. 생각해 보니 그
때 나는 시즈요의 기분보다 하루노의 생명이 소중했어
요. 시즈요에겐 힘들었을 거예요. 그 감정이 아스카에
게……."

할머니는 말하고 나서 뭔가 깨달았다는 얼굴로 할아버
지를 보았다.

"그래, 아스카가 우리의 죄를 덮어쓴 거요. 우리가 그
애에게 나쁜 짓을 했어. 가엾은 것."

할아버지와 할머니는 동시에 긴 한숨을 내쉬었다.

봄의 따사로운 햇살이 아스카가 깜박 잊고 놓고 간 장
갑 위로 쏟아진다. 활발하게 활동하기 시작한 꿀벌의 날
갯짓 소리가 바람에 실려 들려온다. 멀리서 휘파람새의
울음소리가 들린다.

5. 전학생

"몸이 좋지 않아 시골 외갓집에서 요양을 하고 있었기 때문에 학교에 나오질 못했어요."

아오바 초등학교의 교장실에서 엄마는 상냥한 얼굴로 말했다.

아스카가 전학한 아오바 초등학교는 새로 이사한 집에서 걸어 15분 정도 떨어진 거리에 있었다. 학교 바로 앞에 간선도로가 나 있어, 끊임없이 달리는 자동차의 엔진소리가 바람 소리를 지워버리고 있었다.

"아, 그렇습니까? 그러니까 한마디로 장기 결석이군요."

하고 엄마의 웃는 얼굴에 6학년 2반 담임인 구로사와 오사무 선생님은 찬물을 끼얹었다. 30대 초반으로 미남이긴 한데, 특징이 없는 조금 느끼한 얼굴이었다.

"장기 결석 아동은 원래 뭐든 문제점을 갖고 있죠. 지도에 약간 어려움이 있겠군요. 뭐, 싫으면 억지로 오지 않아도 되니깐. 일단 하는 만큼 해보죠."

말투까지 얼굴과 똑같다. 형식적인 말이 구로사와 선생의 얇은 입술에서 흘러나온다.

"자, 교실로 가자. 어머니는 이제 돌아가셔도 되니까."

"네" 하고 고개를 끄덕이며 일어서는 아스카. 엄마는 아직도 웃는 얼굴이다.

＊

"후지와라 아스카 자리를 어디로 하면 좋을까? 아, 가나자와 쥰코 옆자리가 비었으니까 거기로 하자."

구로사와 선생님이 이렇게 말하자 교실이 순간 술렁였다. 캬— 으— 불쌍해. 이런저런 소리가 들리고 그후에 키득거리는 소리가 꼬리를 끌듯이 계속 이어졌다.

아이들은 선생님이 지정한 자리로 가는 아스카를 계속 쳐다본다. 고개를 빼고 자리에서 일어서는 남자아이도 있었다. 가나자와 쥰코는 빨개진 얼굴로 고개를 숙이고 있다. 자그마한 몸이 긴장으로 굳어져 있는 것을 알 수 있다. 반 아이들의 이상한 반응은 아스카가 아닌 쥰코에 대한 것이었다.

아스카는 잠자코 가나자와 쥰코 옆자리에 앉았다.

반의 어두운 분위기는 아스카의 신경을 자극했다. 아

이들의 웅성거림이 잠잠해지자 아스카는 교실을 둘러보았다. 아스카의 자리는 창가 제일 뒤쪽이라서 반의 분위기를 관찰하기에는 아주 좋은 장소였다.

칠판 위 게시판에 〈모두 사이좋은 즐거운 반〉이라는 급훈이 붙어 있다. '아무리 보아도 즐거운 반은 아닌 것 같아'라고 아스카는 생각했다.

턱을 괴고 창밖을 보니 운동장을 에워싸듯 커다란 벚나무들이 늘어서 있다. 봄의 따스한 햇살 속에 꽃잎이 눈처럼 내리고 있다. 바람이 연주하는 리듬에 맞춰 꽃잎이 춤을 추는 것처럼 보였다.

"후지와라, 어때, 괜찮지?"

이름을 부르는 소리에 아스카는 정신을 차리고 앞을 보았다. 반 아이들의 눈이 아스카에게로 향한다.

"네."

큰소리로 대답하고 아스카는 칠판을 보았다. 반 임원과 부장을 정하고 있는 중이었다. 교류부장 아래에 아스카의 이름이 있다.

"빨리 학교에 적응하라는 뜻에서 후지와라를 교류부장으로 하자는 의견이 있었습니다. 후지와라, 어때요?"

의장은 요시우라 시게루와 하마모토 아키라였다. 여자인 아키라가 시게루보다 머리 하나 정도 더 컸다.

"교류부장이란 무얼 하는 건가요?"

아스카의 질문에 시게루가 대답하려 하자, "의장" 하고 구로사와 선생님이 일어섰다.

"후지와라, 너한테 무리라고 생각하면 하지 않아도 된다."

아스카에게 부드러운 미소를 보내며 선생님이 말했다.

"교류부장은 후지와라에겐 힘들 것 같다. 해야 할 일이 꽤 많은데 도중에 그만두면 안되잖니."

구로사와 선생님의 웃는 얼굴에 가려진 참뜻이 아스카에게 들리는 것 같았다. '너는 장기 결석했던 아이라 신뢰할 수 없어.' 화가 치밀었다. '화가 날 때에는 네 맘껏 화를 내라.' 마음속에서 할아버지의 말이 떠오르자 아스카는 자리에서 일어섰다.

"하겠어요."

긴장하여 꺾어진 목소리로 아스카는 똑똑히 말했다.

"좋아, 됐어!"

시게루가 말했다.

박수와 함께 부장 선거가 끝났다. 구로사와 선생님은 기분 상한 얼굴로 아스카를 노려보았다. 그리고 쯧쯧, 소리를 내며 혀를 찼다.

아스카는 가슴이 두근거리고 꼭 정신을 잃을 것만 같았다. 아스카가 이렇게 똑똑히 자신의 의사를 나타낸 것은 태어나 처음이었다. 마음속 저 깊은 곳에서 용기와 자

신감이 솟구친다. 얼굴이 빨개진 아스카를 눈이 부신 듯 쳐다보고 있는 준코와 눈이 마주쳤다.

"잘 부탁해."

아스카는 생긋 웃었다. 준코는 당황하면서도 기쁜 듯이 미소를 지었다.

쉬는 시간이 되자 반 아이들은 몇 개의 그룹으로 갈라졌다. 남겨진 것은 아스카와 가나자와 준코 둘뿐이었다.

"후지와라 아스카, 잠깐."

창가 제일 앞자리에 앉은 하마모토 아키라가 아스카를 보고 손짓했다. 조금 전 학급위원 선거에서 아키라는 부반장이 되었다. 아키라의 자리에는 네 명의 여자아이가 모여 있었다.

"여기 앉아."

아스카는 아키라 옆자리에 앉았다. 네 명은 아스카와 아키라를 에워싸듯 빙 둘러섰다.

"교류부장의 일 말인데, 근처에 외국인 학교가 있어. 그리고 바로 옆에 특수학교도 있고. 그 두 학교와 운동회 같은 걸 통해 교류하는 거야. 그 외에도 여러 가지 교류 계획이 있어."

아키라는 가끔 안경을 손으로 밀어 올리면서 말하는 습관이 있었다.

"그러니까 일의 양이 많아 힘이 들지. 6학년이 되면 다들 각자 바쁘니까 하기 싫어해. 후지와라 네가 해 준다고 해서 다행이야."

생긋 웃으며 아키라가 말했다. 앞머리를 올려 드러난 넓은 이마가 똑똑하게 보였다.

"그리고 이건 충고인데, 가나자와 쥰코와는 그다지 친하게 지내지 않는 게 좋을 거야."

갑자기 아키라가 목소리를 낮춘다.

"왜?"

아스카는 눈살을 찌푸리며 아키라를 보았다.

"그 애, 지금 반 아이들이 따돌리고 있거든. 괜히 너도 말려드는 건 싫을 거 아냐."

냉정한 목소리였다. 아스카는 이해할 수 없다는 얼굴로 아키라와 다른 네 명의 아이들을 쳐다보았다. 갑자기 뒤에서 책상과 의자가 넘어지는 소리가 났다.

깜짝 놀라 뒤돌아보는 아스카의 팔을 아키라가 세게 잡아끌었다.

"돌아보지 마. 그냥 모르는 척하고 있어."

아키라와 다른 네 명의 아이들은 서로 얼굴을 마주 보며 순간 아무런 표정도 짓지 않았다.

"더러울 거야, 손으로 만지지 마."

"아파! 그만해."

"더러운 세균이 멋대로 지껄이네!"

준코의 울음소리와 남자아이의 굵은 목소리가 들렸다.

퍽 하는 둔탁한 소리가 나고 준코가 넘어졌다. 반에서 제일 체격이 좋은 고바야시 다이스케를 대장으로 하는 여러 명의 남자아이들이 넘어진 준코를 에워싼다. 준코의 배를 발로 차는 소리. 윽 하고 확실치 않은 신음소리가 났다.

삼삼오오 짝을 지어 흩어져 있는 반 아이들은 그 자리에서 굳어버린 것처럼 꼼짝도 하지 않는다. 길거리에서 시작된 즉흥 연기라도 보는 것 같은 얼굴들이다.

"성가시니까 교실에서 내몰아버려."

관객석에서 쓰러진 준코를 향해 야유를 퍼붓는다. 노무라 마치코였다. 관객의 호응에 힘입은 다이스케가 큰소리로 소리친다.

"그럴까? 좋아 민주적으로 하자. 자, 이 세균을 교실 밖으로 몰아내는 데 찬성하는 사람 손들어."

관객과 연기자의 울타리가 무너져 준코를 향한 따돌림은 반 전체의 죄로 되어 간다.

"네―."

소름끼치게 힘찬 목소리로 노무라 마치코가 맨 먼저 손을 들었다. 그 힘찬 목소리에 끌려 아스카와 준코를 제외한 서른네 명의 손이 차례로 올라간다. 아키라의 손도,

주위에 서 있던 네 명의 손도 올라갔다.

"모르는 척하라고 하지 않았어? 너무해."

매서운 눈으로 아키라와 네 명의 얼굴을 차례로 보며 아스카가 말했다.

"너는 전원일치로 반 추방이 결정됐어. 너무 서운하게 생각하지 마."

다이스케는 다른 아이 몇 명과 함께 준코의 책가방을 복도로 내던졌다. 그리고 발로 차인 배를 움켜잡은 채 웅크리고 있는 준코를 다시 발로 차 복도로 내쫓았다.

"화가 날 때에는 맘껏 화를 내야 해."

그렇게 중얼거리며 일어서려는 아스카를 다시 아키라와 네 명의 아이들이 잡았다.

"지금 가면 네가 다음 목표가 돼. 세상은 언제나 올바른 자가 승리하는 건 아냐. 그런 것도 모르다니, 너 바보로구나."

네 명 가운데 가장 강하게 아스카의 팔을 잡아끄는 다카노 기미에가 감정을 죽인 목소리로 말했다.

"아, 속시원하다."

다이스케는 준코의 책상을 다시 한번 크게 걷어찬 후에야 자기 자리로 돌아갔다. 아스카의 매서운 눈초리에 아키라는 고개를 돌렸다.

"이게 6학년 2반이야. 어쩔 수 없어."

96 해피 버스데이

아스카 뒤에 서 있던 가토 게이코가 될 대로 되라는 어투로 말했다.

준코는 그대로 교실에 돌아오지 않았다.

넘어진 준코의 책상을 바로 세우면서 아스카는 자신이 너무나 한심했다. 화가 난 자신의 심정을 드러낼 수 없었다. 무서운 생각 때문에 소중한 감정이 억눌려지고 말았다. 아스카는 자리에 돌아와 앉아서도 계속 고개를 숙이고 있었다.

수업 시작 종소리가 울리고 수업이 시작되었다.

"건강 기록부와 가정환경 조사서를 나눠줄 테니 조용히 하고 앉아."

그렇게 말하고 구로사와 선생님은 한 명씩 이름을 불렀다.

"가나자와 준코. 어라? 가나자와 오늘 결석이었나?"

아스카와 눈이 마주치자 구로사와 선생님은 황급히 고개를 돌렸다.

다이스케가 볼멘 목소리로 말했다.

"아니에요. 아까 집에 갔어요."

구로사와 선생님은 조금 놀란 듯이 다이스케를 보며 고개를 갸웃거렸다.

"왜?"

"반 전원일치로 결정했어요. 가나자와에게 집에 가라고 했어요."

"추방 이유는?"

들고 있던 서류를 교탁에 놓고 구로사와 선생님은 팔짱을 꼈다. 뭐 재미있는 거라도 발견한 것 같은 표정이다. 이유 같은 게 있을 리 없으므로 다이스케는 같은 패거리 쪽을 돌아보며 잠깐 머뭇거렸다.

"그 애, 냄새가 나니까요."

눈을 치켜뜨고 상황을 살피는 것처럼 다이스케가 말하자 선생님은 푸 하고 웃었다. 선생님이 웃자 교실 전체에 웃음이 전염되어 간다.

다이스케는 아주 기뻐했다. 마치코의 째지는 듯한 웃음소리가 아스카의 감정을 마비시켰다.

"고바야시 다이스케, 그런 말 하면 안돼요."

그렇게 말하면서 선생님은 웃고 있다.

마치코가 말했다.

"하지만 선생님, 정말 냄새가 나는데 왜 냄새난다고 말하면 안되죠? 가나자와 준코도 그런 말 듣기 싫으면 깨끗하게 하고 다니면 되잖아요. 식구들이 챙겨주지 않는 것도 나쁜 거라고 우리 엄마가 그랬어요."

"6학년이나 됐으니까 혼자 샤워 정도는 할 수 있어요. 다들 싫어하는 걸 알면서도 불결하게 하고 다니는 가나자와가 나쁘다고 생각해요."

마치코와 친한 히라타 가오리가 말했다. "에티켓이잖아요"라고 뒷자리의 마치코에게 동의를 구하는 것처럼 덧붙였다.

"학교도 사회생활이니까 서로 피해를 주지 않도록 신경을 써야 한다고 생각해요. 피해를 준 애가 추방당하는 건 그러니까, 에— 뭐더라? 아, 맞아, 자업자득이에요."

다이스케 뒤를 그림자처럼 따라다니는 고다마 히로시가 큰소리로 말했다.

"그래? 너희들 말에도 일리가 있어. 냄새가 난다, 이 말이지?"

선생님은 옆으로 고개를 돌려 다시 웃었다.

"작년, 가나자와 집에 가정 방문을 갔었을 때, 집안이 굉장히 어지럽혀져 있어 안으로 들어가기가 무서울 정도였지. 너희가 깨끗이 하라고 해도 집이 원체 그러니 어디……."

다이스케가 그 말에 신이 나 큰소리로 떠들었다.

"와, 재미있겠다. 오늘 세균네 집에 가 봐야지."

"갈 거면, 건강 기록부와 가정환경 조사서 좀 갖다 줄래?"

선생님은 히쭉 웃었다. "네" 하고 다이스케는 큰소리로 대답하며, 선생님 흉내를 내어 히쭉 기분 나쁜 웃음을 지

어 보였다.

아스카는 화를 내는 것도 잊고 입을 벌린 채 선생님과 아이들의 대화를 듣고 있었다. 지금 있는 이곳이 학교라니 믿을 수 없었다.

마음이 몹시 피곤한 하루……. 아스카는 아무것도 생각할 수 없을 정도로 혼란스러웠다.

*

다음날 아침, 아스카와 같은 아파트에 사는 아키라가 학교에 같이 가자며 집까지 와주었다.

"아스카 너네 엄마가 부탁하셨어. 사이 좋게 지내라고. 그래서 어제도 함부로 나서지 말라고 지켜준 건데, 너 굉장히 무서운 눈으로 째려보더라."

아키라는 익살스런 표정으로 아스카의 얼굴을 들여다보았다.

"우리 엄마가 사이 좋게 지내라고 했다고?"

"응, 그리고 너네 엄마가 주신 과자, 정말 맛있더라."

'엄마에게도 그런 점이 있네' 하고 아스카는 생각했다. 오늘은 왠지 기분 좋은 하루가 될 것 같다……. 아스카는 파란 하늘을 올려다보며 심호흡을 했다.

"너 어제 놀랐지? 선생님이 그러니 애들은 말할 것도 없지."

아키라가 손으로 안경을 올리면서 말했다.

"어제 준코 엄마가 우리 집에 전화하셨어. 깜짝 놀랐다니까."

걸음을 멈추고 아스카는 아키라를 보았다.

"걔네 정말로 준코네 집에 갔었나 봐. 왠지 분위기가 심상치 않다고 생각하신 모양이야. 학교에서 무슨 일이 있었는지 가르쳐 달라고 해서 다 말했어. 준코 엄마 굉장히 화내시더라. 당연하지."

조금 사이를 두고 아키라가 다시 말을 이었다.

"나도 야단맞았어. '너, 반의 부반장이란 애가 뭘 하고 있었니?' 하고 소릴 질렀어."

준코 엄마의 말을 흉내내다 말고 아키라는 눈물을 글썽거렸다.

아스카는 자신도 야단맞은 것처럼 생각되었다. "뭘 하고 있었니?"라고 물으면 어떻게 대답해야 좋을까. 그저 고개를 숙일 수밖에 없었다.

도중에 게이코와 기미에를 만났다. 비쩍 말라 키가 큰 기미에와 터질 것처럼 체격이 좋은 게이코 콤비는 꽤 멀리서도 눈에 띄었다.

"다이스케 패거리들 정말 갔던 모양이더라. 아무튼 어쩔 수 없는 애들이라니까."

정보통인 게이코의 말에 아키라는 아무 말 없이 고개

를 숙일 뿐이었다.

"어쩔 수 없는 건 우리도 마찬가지야."

아스카가 톡 쏘았다.

게이코와 기미에는 서로 얼굴을 마주 보며 놀란 표정을 지었다.

교실에 들어서자 아이들이 다이스케와 마치코를 에워싸듯 크게 원을 지어 모여 있었다.

"어머, 정말?"

마치코와 가오리가 익살스럽게 소리치며 몸을 뒤로 젖혔다.

"정말이야. 고다마랑 후지타도 같이 갔었으니까 이따 걔들한테 물어봐."

자랑스러운 듯이 손가락으로 코를 문지르며 다이스케가 말했다.

"아무튼 정말 지저분하더라. 창에도 테이프가 붙어 있었어."

"세상에, 믿을 수 없어. 뭐야, 그게."

깔보는 웃음이 파도가 되어 크게, 작게, 계속 이어진다.

아스카는 그런 아이들 쪽을 쳐다보았다. 책상에 턱을 괴고 마음속으로 할아버지에게 말을 걸었다.

— 할아버지, 할아버지가 저보고 웃고 싶을 때에는 웃

어라, 그것이 감정을 소중히 하는 거라고 말씀하셨는데, 그럼 서 아이들의 웃음도 옳은 건가요?

부드러운 할아버지의 웃는 얼굴이 아스카의 가슴 가득 퍼졌다.

— 아스카는 어떻게 생각하니? 저 아이들을 보고 아름답다고 생각하니? 감정을 풍부하게 표현하는 것은 사람을 아름답게 보이도록 하는 거란다.

"하나도 아름답지 않아."

마음속으로 소리친다는 것이 무심코 입을 통해 튀어나왔다.

앞자리에 앉은 시게루가 놀란 표정으로 아스카를 뒤돌아본다. 시게루는 다람쥐처럼 둥글고 귀여운 눈을 하고 있었다.

아침 조회 시간이 되었는데도 여전히 쥰코 자리는 비어 있었다.

아스카는 쥰코 입장이 되어 생각해 보았다. 아이들이 나를 그렇게 비웃었다면 어땠을까. 상상하는 것만으로도 아스카의 마음은 타는 듯이 아파 왔다.

구로사와 선생님은 따분한 듯한 얼굴로 교실을 휙 둘러보았다.

"여러분 안녕? 자, 출석을 부를 테니 자리에 앉아."

"선생님, 어제 쥰코네 집에 갔었어요."

출석부를 펴려는 선생님을 다이스케가 커다란 목소리로 가로막았다. 구로사와 선생님은 히쭉 웃으며 출석부를 덮었다.

"그래? 어땠지?"

"굉장해요, 그렇지?"

다이스케는 앞자리에 앉은 히로시의 머리를 쿡 찔렀다. 히로시는 머리를 문지르면서 말했다.

"선생님 말씀대로예요. 어떻게 그런 데서 사는지 모르겠어요."

"고다마 히로시, 그런 말 하면 안돼. 그런 말을 해선 안되는 거야."

"안된다"라고 말하면서 사실은 선생님도 그렇게 생각하고 있다는 것을 반 아이들은 느끼고 있다. 다이스케와 히로시는 특히 민감하게 느끼고 있다. 때문에 안된다는 말을 들어도 조금도 주눅 들지 않는다.

"야, 세균 온다, 세균 와."

창밖을 보고 있던 후지타가 소리쳤다. 다이스케와 히로시가 창가로 달려간다.

"추방령을 내렸는데 왜 뻔뻔스럽게 어슬렁대는 거야. 정말 성가시네."

"정말 역겨워."

교실 창문을 열고 후지타가 소리쳤다.

"돌아가!"

다이스케가 뒤를 돌아보고, "다들 이리 와"라며 손짓을 했다. 마치코와 가오리가 제일 먼저 다이스케 옆으로 뛰어갔다. 구로사와 선생님도 창가로 갔다. 반 아이들이 2층 창에서 몸을 내밀고 준코가 걸어오는 것을 보고 있다.

다이스케는 "하나, 둘, 셋" 하고 선창을 했다.

"돌아가, 돌아가, 돌아가!"

히로시와 마치코의 목소리에 맞춰 돌아가라는 소리가 운동장에 울렸다. 선생님은 팔짱을 끼고 웃으면서 준코를 내려다보고 있다.

아스카가 창밖을 보니 준코는 교실 창을 올려다보며 서 있다. 떨어지는 벚꽃잎 아래에서 가만히 창을 올려다본 채 꼼짝도 하지 않는다.

아스카는 마음속에서 분노가 부글부글 끓어오르는 것을 느꼈다. 배에 힘을 넣어 힘껏 소리쳤다.

"그만해! 이제 그만해!"

힘껏 쥔 주먹이 부들부들 떨린다. 아이들의 시선이 준코에서 아스카에게로 옮겨졌다.

"더 이상 못 참겠어! 준코의 기분도 생각해야 하잖아!"

준코는 휙 발길을 돌리더니 학교를 뒤로 한 채 교문을 향해 걷기 시작했다.

아스카는 울면서 교실 밖으로 뛰쳐나갔다. 힘껏 달려

준코를 뒤따라갔다. 아스카 뒤에서 아키라도 뛰어왔다. 둘은 교문 앞 신호등 앞에서 겨우 준코를 따라잡았다.

헉헉, 숨을 몰아쉬면서 아키라가 말했다.

"아스카 너, 굉장히 빠르다. 아— 힘들어."

무릎에 손을 얹고 헉헉거리며 아키라는 괴로운 듯 얼굴을 찌푸렸다. 아스카와 아키라가 뒤따라온 걸 알고 준코가 고개를 돌려 둘을 보았다. 표정이라곤 전혀 없는 어두운 얼굴이었다.

"따라오지 마. 내버려 둬."

아스카는 목소리를 잃은 얼마 전의 자신의 얼굴을 본 것 같은 기분이 들어 가슴이 덜컥했다. 더욱더 내버려 둘 수 없었다.

아스카와 아키라는 준코의 뒤를 계속 따라갔다.

준코는 육교 한가운데 서서 달려가는 차들을 내려다보기도 하고, 가까운 건물의 비상 계단을 올라가기도 했다. 아스카는 그때마다 조마조마한 마음으로 준코의 손을 꼭 잡았다.

해질녘까지 돌아다녀 완전히 지쳐버린 세 명은 학교 뒷길을 걷고 있었다.

"아, 배고파. 돈을 갖고 왔으면 좋았을 텐데."

아키라가 배를 문지르면서 말했다. 아스카 배에서도 아까부터 꼬르륵 하는 소리가 난다.

"이렇게 가게들이 많이 있는데도 돈이 없으니 다 소용 없네. 시골이었으면 공짜로 나무 열매를 따먹을 수도 있는데 말야."

"맞아, 아스카는 시골에 있었다고 했지?"

"응" 하고 아스카는 크게 고개를 끄덕였다. 할아버지와 할머니 얼굴이 떠오른다. 할아버지와 할머니의 얼굴이 떠오르자 힘이 솟는다.

준코는 입을 다문 채 아무 말도 없다. 터벅터벅 걷는 사이에 작은 언덕 위로 나왔다. 풀과 흙 냄새가 났다. 아스카는 다시 살아난 것 같은 기분이 들었다.

"어머, 이런 데가 있었네?"

"그래, 조금 걸어가면 미군 가족들이 사는 동네야. 외국인 학교도 바로 요 앞이야."

세 명은 집들이 내려다보이는 둑 위에 앉았다. 아스카는 부드러운 초록색 풀을 손바닥으로 쓰다듬었다.

"이제야 봄을 느낄 수 있을 것 같아."

아스카는 눈을 감고 심호흡을 했다. 가슴 가득 봄바람을 들이마셨다. 어렴풋이 달콤한 팥꽃나무의 향기가 피어올랐다.

"앗!"

뒤에서 남자아이의 비명과 함께 끽 하고 자전거 멈추는 소리가 났다.

"너희, 뭐 하고 있는 거야! 이런 데서 여유 부리고 있을 때가 아냐."

시게루가 자전거에서 뛰어내리더니 다가왔다. 다람쥐 같은 눈을 굴리며 세 명을 보고 있다.

"너희를 찾느라고 지금 학교 안이 난리가 났어."

아키라와 아스카는 서로 얼굴을 마주 보며 씩 하고 웃었다.

"적당한 때에 아주 적당한 인물이 나타났어. 지옥에서 부처님을 만난다는 게 이런 것 아니겠어?"

아키라는 시게루를 돌아보더니 배를 붙잡고 괴로운 듯이 말했다.

"시게루, 부탁이야. 뭐 좀 먹게 해줘. 너, 돈 있지? 너무 배가 고파 꼼짝도 못하겠어."

시게루는 자전거에 뛰어오르더니 세 명이 먹을 빵과 주스를 사 갖고 돌아왔다. 시게루의 손에 든 봉투를 빼앗듯이 하여 받아 들더니 세 명은 허겁지겁 빵과 주스를 먹기 시작했다. 시게루는 반은 질렸다는 표정으로 세 명이 먹는 모습을 보고 있었다.

"와— 정말 예쁜 노을이다!"

아스카가 소리치듯이 말했다.

불타듯이 빨간 해가 서쪽 하늘로 기울고 있었다. 쥰코와 아키라는 빵을 크게 베어문 채 넋을 잃고 저녁노을을 보았다.

"이렇게 가만히 저녁노을을 보는 게 얼마만이지?"

진지한 목소리로 말하더니 시게루는 아스카 옆에 주저앉았다.

"난 말야, 죽고 싶었어."

갑자기 준코가 말했다. 서쪽으로 기우는 저녁해가 준코의 옆얼굴을 비춘다.

"계속 어떻게 죽을까, 그 생각만 하고 있었어."

시게루의 마른침을 삼키는 소리가 아스카의 귀에 들렸다.

"하지만 알 수 없었어. 나, 죽는 것도 맘대로 할 수 없었어. 어떻게 하면 죽을지 아무리 생각해도 모르겠어."

지는 저녁해로 빨갛게 물든 준코의 뺨에 눈물이 흐른다. 아스카와 아키라는 양옆에서 준코를 꼭 안았다.

"모르는 게 나아, 그런 건……."

아키라의 목소리가 눈물로 흐려져 있었다.

"죽음같이 슬픈 건 생각하지 마. 목숨은 너 자신의 것만이 아냐."

코를 훌쩍이며 아스카가 말했다.

저녁해가 빌딩숲 사이로 떨어지자 주위가 어두워지기 시작했다. 서로의 얼굴이 희미해진다. 희미한 어둠 속에서 시게루는 셔츠의 소매를 끌어당겨 계속 눈물을 훔치

고 있다.

"자, 이제 돌아가자."

아키라가 일어섰다.

"앗, 가방! 학교에 놓고 왔잖아."

아스카와 아키라가 동시에 소리쳤다.

"큰 소동이 났다는 학교로 돌진해 볼까?"

네 명은 서로 얼굴을 마주 보며 말했다. 이상하게도 하나도 무섭지 않았다. 가슴이 두근거리고 힘이 솟아나는 것 같았다.

달리기 시작하는 아스카와 아키라, 그리고 준코. 그 뒤를 시게루가 자전거를 끌며 뒤따라갔다.

"야, 기다려! 나도 갈 거야."

"시게루, 넌 상관없는 일이니까 돌아가도 돼. 학원에도 가야 하잖아."

뒤돌아보며 아키라가 말했다.

"나도 갈 거야. 같이 꾸중 들어줄게. 혼날 때에는 한 명이라도 많은 게 마음 든든한 거야. 우등생인 아키라는 그런 기분 모르겠지만."

아스카는 감동했다는 듯이 시게루의 얼굴을 쳐다보았다.

"시게루, 너, 꽤 괜찮은 애다."

"그걸 이제야 안 거야? 서운한데."

희미한 어둠 속에서 뺨을 붉히며 부끄러워하는 시게루의 얼굴이 보였다.

학교 건물이 보이는 곳까지 오자 네 명은 그 자리에 멈춰 섰다.

학교 안이 난리가 났다는 시게루의 말은 정말이었다. 교무실에 불이 환하게 켜져 있고, 심상치 않은 분위기가 감돌고 있었다.

아스카와 아키라와 준코는 몸이 오그라드는 것 같았다. 서로의 손을 꼭 잡았다.

운동장에 마치 융단을 깔아놓은 것처럼 떨어진 꽃잎을 밟으며, 네 명은 불이 환하게 켜진 교무실을 향해 걸어들어갔다.

6. 싹트는 우정

"너희, 어디 갔었어!"

현관문을 열고 아키라가 얼굴을 들이밀자 마침 교직원용 화장실에서 나오던 구로사와 선생님과 눈이 마주쳤다. 선생님은 슬리퍼 소리를 요란히 내며 눈을 크게 뜨고 뛰어왔다. 선생님의 얼굴이 창백했다.

"멋대로 하는 것도 정도가 있지. 다른 사람들한테 얼마나 피해를 줬는지 알아?"

이마에 핏대를 세우며 소리친다.

아스카와 준코와 아키라 세 명은 몸이 굳은 채로 현관에 나란히 서 있었다. 이번 일과는 아무런 관계도 없는 시게루까지 아스카 옆에서 몸을 움츠리고 있다.

얼마 전까지 의기양양했던 기분은 싹 사라져 버렸다.

"대체 너희들은 생각이 있는 거야? 선생님들이 이 시간까지 퇴근도 못하고 너희를 찾아 여기저기 돌아다니고 계셔. 새 학기라 일도 많은데 미안하지도 않아?"

이스카가 살짝 올려다보니 구로사와 선생님은 울고 있었다. 쌍꺼풀 없는 가늘고 긴 눈에 눈물이 가득하다.

아키라와 시게루가 고개를 들고 선생님의 얼굴을 보았다. 하지만 아무 말도 하지 않는다. 왠지 순순히 '죄송합니다'라는 말이 나오질 않는다.

네 명은 고개를 숙인 채 비처럼 쏟아지는 선생님의 꾸지람을 그저 듣고만 있었다.

"어머, 찾았어요?"

교무실에서 양호 선생님인 이토 선생님이 뛰어나왔다. 손뼉을 치며 기뻐해 준다. 고향인 홋카이도 억양으로 소리치며 기뻐한다.

"구로사와 선생님, 야단치는 건 나중에 하고 우선 보고, 보고를 해야죠. 아이들 집에도 연락해야 하구요."

체격 좋은 이토 선생님이 비쩍 마른 구로사와 선생님의 어깨를 탁탁 치자 구로사와 선생님의 몸이 쓰러질 것처럼 크게 휘청거렸다.

"자, 너희도 빨리 들어와."

이토 선생님은 생글거리면서 네 명의 등을 밀었다. 구로사와 선생님은 뒤에서 어린아이처럼 손등으로 눈물을 닦고 있다.

"구로사와 선생님, 세수하고 오시는 게 좋을 것 같아

6. 싹트는 우정 **113**

요. 아이들 집에는 내가 연락할게요.”

“네” 하고 순순히 대답하고 구로사와 선생님은 다시 한 번 화장실을 향해 어두운 복도를 걸어갔다.

*

교장 선생님은 눈을 크게 뜬 채 창밖의 어둠을 보고 있었다. 수업 중에 갑자기 사라졌다는 세 명이 걱정되어 위가 바늘로 쑤시는 것처럼 따끔거린다.

“수업이 끝났는데도 돌아오질 않습니다”라고 구로사와 선생님으로부터 보고를 받은 것은 오후가 되어서였다. 그로부터 꽤 시간이 지났다. 세 아이의 집으로 연락을 취하고, 경찰서와 역 등 생각나는 모든 곳에 전화를 걸어 세 아이들을 보지 못했느냐고 물어보았다. 선생님들은 몇 조로 나뉘어 동네 여기저기로 찾아 나섰다.

몇 번인가 아이들을 찾으러 나선 선생님들로부터 연락이 왔다.

“그게 말이죠, 육교 위에서 몸을 내밀고 있는 여자아이들을 봤대요.”

“니쵸메 아파트 관리인이 봤다는데, 여자아이 세 명이 비상 계단을 통해 옥상으로 올라가려 하는 걸 야단을 쳐서 쫓아버렸대요.”

무얼 하려던 걸까? 아이들의 행동을 이어가다 보면 정

답이 나온다. 교무실에 긴장이 감돌았다. 전화벨이 울릴 때마다 교장 선생님의 심장은 오그라들었다.

밖의 어둠이 더해질수록 불안도 커져갔다. 어쨌든 무사하길 바라는 마음뿐이었다.

노크 소리에 뒤돌아보니 행방불명된 세 여자아이와 남자아이 한 명이 묘한 표정으로 서 있었다. 깜짝 놀란 교장 선생님은 잠시 말이 나오지 않았다.

"오오, 돌아왔니?"

그 말만을 하고 교장 선생님은 온몸의 힘이 빠져나간 것처럼 소파에 쓰러지듯 털썩 주저앉았다. 후— 하고 크게 숨을 내쉬었다.

그리고 긴장한 얼굴로 굳어 있는 네 명에게 의자에 앉으라고 한 후 흥분된 마음을 가라앉혔다.

"무사해서 다행이다."

그렇게 말하고 네 명의 얼굴을 차례로 쳐다보았다.

"걱정 많이 했단다. 집의 부모님들도, 선생님들도."

준코가 옆에서 울기 시작했다. 아키라가 코를 훌쩍이는 소리가 들린다. 아스카도 갑자기 눈물이 솟구쳤다.

"죄송합니다."

순순히 '죄송하다'라는 말이 나온다.

"심려를 끼쳐드려 죄송합니다."

시게루는 어른스럽게 말했다. 교장 선생님은 미소를

지으며 고개를 끄덕였다.

이토 선생님이 뜨거운 우유와 과자를 얹은 쟁반을 들고 들어왔다.

"교장 선생님, 아이들 집에는 다 연락했습니다. 곧 아이들을 데리러 오신대요. 밖으로 나간 선생님들에겐 지금 구로사와 선생님이 연락하고 있어요."

시원스런 어투로 그렇게 말하고 나서 테이블 위에 과자와 컵을 내려놓았다. 김이 모락모락 나는 따뜻한 우유는 보기만 해도 마음이 따뜻해진다. 아스카와 시게루는 마주 보며 생긋 미소를 지었다.

"피곤하지? 너희들 점심은 먹었니?"

이토 선생님이 한 명 한 명에게 미소를 지으며 부드럽게 말을 걸어준다. 이토 선생님의 미소는 모락모락 피어오르는 우유의 김처럼 따뜻했다.

아스카 옆에서 준코가 작은 소리로 뭐라 중얼거린다.

"응? 뭐라고?"

교장 선생님은 마시던 찻잔을 내려놓고 준코의 얼굴을 들여다보았다. 시게루의 '후룩' 하고 우유를 마시는 소리가 이상하게 크게 울린다. 시게루는 얼굴을 붉히며 우유컵을 내려놓았다.

"나쁜 건 저예요. 다들 저를 도와주었어요. 그러니 야단치지 마세요."

입에 물고 있던 과자를 급히 씹어 넘기고 아스카가 말했다.

"그렇지 않아! 쥰코 네가 나쁜 게 아냐."

"맞아. 그렇게 심한 말을 들으면 누구라도 도망치고 싶어질 거야."

아키라도 아스카의 뒤를 이어 말을 한다. 둘의 진실한 마음을 확인이라도 하는 듯이 쥰코는 눈을 감았다. 무릎 위에 놓인 쥰코의 손이 떨리고 있다.

"저, 죽고 싶었어요. 아이들이 절 세균이라고 불렀어요. 학교에 오는 것이 괴로웠지만 그래도 노력했는데, 오늘 아침에는 아이들이 저에게 집으로 돌아가라고 소리를 쳐서…… 그 소리를 듣자 머릿속이 하얗게 되어, 이제 정말 죽자, 그 생각만 했어요."

쥰코의 목소리가 갈라진다. 작고 야윈 쥰코의 어깨에 아스카와 아키라가 양옆에서 손을 올려놓았다.

"그런데 아스카와 아키라가 저를 찾으러 와서 손을 잡아 주었어요. 시게루도 저희 셋을 찾으러 와 주었구요. 배가 고파 움직일 수 없다고 하니까 빵하고 주스를 사다 주었어요. 기뻤어요, 전 정말 너무 기뻐서……."

교장 선생님은 그래그래, 하고 몇 번이나 고개를 끄덕이면서 쥰코의 이야기를 듣고 있다.

"반에서 따돌림당하게 되고부터는 죽는 방법만 생각했

어요. 아이들이 때릴 때에도, 발로 찰 때에도, 어떻게 죽을까, 그 생각만 했어요. 터널 안에 있는 것 같았어요. 깜깜하고 외롭고……."

이토 선생님이 준코의 손에 살짝 손수건을 놓아주었다. 준코는 그 손수건을 눈에 대고 눈물을 닦았다.

"죽는 방법을 몰랐다고 내가 말하자 아스카와 아키라가 그런 건 모르는 게 낫다고 말해 주었어요. 죽지 않아서 다행이라고 말해 주었어요. 그 말을 듣고 나서야 가슴이 밝아졌어요. 터널에서 빠져나온 느낌이었어요. 그러니 여기 있는 다른 친구들은 야단치지 말아 주세요. 나쁜 건 저예요."

흐느끼며 준코가 말했다. 교장 선생님은 짙은 눈썹을 찌푸리며 눈을 감았다. 준코의 말을 되새기는 것 같았다.

울고 있는 준코의 심하게 들썩이는 등을 이토 선생님이 부드럽게 어루만졌다.

문이 열리고 구로사와 선생님이 들어왔다.

"정말 죄송합니다. 선생님들에겐 연락했습니다. 모두 곧 돌아오실 겁니다."

웃는 얼굴로 말한 후에 구로사와 선생님은 테이블 위에 놓여 있는 우유컵과 과자를 보았다. 그리고 떨떠름한 얼굴로 말했다.

"이토 선생, 이럼 곤란해요. 너무 받아주지 마세요. 이

제부터 따끔한 맛을 보여주려 했는데."

이토 선생님이 무언가 말하려는 것을 교장 선생님이 손을 들어 가로막으며 말했다.

"따끔한 맛을 봐야 할 상대가 틀린 것 같군요, 구로사와 선생."

교장 선생님이 날카로운 눈빛으로 쳐다보자 구로사와 선생님은 울음을 터뜨릴 것 같은 얼굴을 했다.

"아스카, 아키라, 시게루, 정말 고맙다. 너희들의 용기로 선생님도 크게 깨달았단다. 큰 잘못을 할 뻔했어."

교장 선생님은 세 명의 얼굴을 번갈아 보며 말하더니 울고 있는 준코의 어깨에 손을 얹었다.

"준코야, 미안하다. 어린 너에게 몹쓸 생각을 하게 했구나."

교장 선생님의 행동을 구로사와 선생님은 입을 벌리고 보고 있었다. 뭐가 뭔지 모르겠다는 얼굴이었다.

*

준코의 아버지와 어머니가 학교로 왔다.

간단하게 교장 선생님이 사정을 말하자, 준코 아버지는 날카로운 눈초리로 구로사와 선생님을 노려보았다. 구로사와 선생님은 교장실 구석에서 몸을 움츠리고 서 있었다. 준코 어머니는 울면서 준코를 꼭 껴안았다. 엄마의 품안에서 준코는 지금까지 참았던 슬픔을 씻어내는 것처럼 계속 눈물을 흘렸다.

아키라 어머니와 시게루 어머니 뒤에서 아스카의 오빠 나오토가 얼굴을 쏙 내밀고 아스카에게 씩 웃어 보였다. 아스카는 기뻐서 손을 흔들었다.

마중 와준 나오토와 아스카는 함께 밤길을 걸어 집으로 돌아갔다.

"너, 변했다."

나오토가 말을 꺼냈다.

"원래 사람은 변하는 거잖아."

바람 한 점 없는 밤이었다. 하늘에 둥근 보름달이 떠 있었다.

"그래, 할아버지가 말씀하셨지. 언제 어디서든 마음만 있으면 변하는 것이 인간이라고."

아스카는 걸음을 멈추고 나오토의 반짝이는 눈을 쳐다보았다.

"그래서 인간은 배워야 해, 그렇지 오빠?"

벚나무에서 꽃잎이 떨어진다. 아스카는 꽃잎을 받으려는 듯이 밤하늘을 향해 양팔을 크게 벌렸다.

7. 특수학교

"이 복도 끝에는 뭐가 있어?"

준코와 아키라는 전학 온 지 며칠 안된 아스카에게 학교 안을 안내하고 있었다.

1층 교무실과 교장실이 있는 복도가 문 하나를 사이에 두고 길게 이어져 있다.

계단을 올라가고 있던 준코와 아키라가 뒤돌아서서 아스카가 가리키는 쪽을 보았다. 아키라와 준코는 서로 얼굴을 마주 보고 말했다.

"지금 문이 열려 있으니까, 쉬는 시간을 이용하여 교류를 하고 있는 거야."

"그럼 가도 괜찮은 거잖아."

서로 확인하는 것처럼 고개를 끄덕인다. 아오바 초등학교와 특수학교를 잇는 긴 복도 사이에는 문이 하나 있었다. 이 문이 열려 있을 때에는 '이리 와'라는 신호였

다. 아오바 아이들이 자유롭게 특수학교 아이들에게 갈
수 있는 시간이었다.

준코가 아스카를 돌아보며 말했다.

"저쪽은 특수학교야, 갈래?"

아스카가 대답하기 전에 아키라가 재빨리 앞서 걸어가
기 시작했다.

"특수학교 아이들과는 합동 수업과 급식 교류를 하고
있어."

앞서가는 아키라를 빠른 걸음으로 쫓아가며 준코가 설
명한다.

"그래? 그럼 우리 반도 하니?"

"우리 반은 사이가 좋질 않잖아. 하지만 운동회나 졸업
식은 모두 같이 해. 게다가 아스카 너는……."

거기까지 말하고 준코는 갑자기 생각난 표정으로 아스
카를 보았다. "미안해" 하고 작은 소리로 사과한다. 아스
카는 고개를 갸웃하며 "응?" 하고 이상하다는 듯이 쳐다
보았다.

"나, 후지와라 이름을 멋대로 불러 버렸어."

준코는 몸을 움츠린다.

"뭐야, 그거야? 괜찮아, 신경 쓰지 마."

아스카는 손을 흔들었다. 그래도 준코는 울음을 터뜨
릴 것 같은 얼굴을 하고 있다.

"난 지금까지 친구 한 명 없었어. 어두운 얼굴을 하고 언제나 움찔움찔 겁에 떠는 아이였지. 그러니까 이렇게 내 이름을 불러주는 친구가 있다는 게 기뻐. 괜찮아, 아스카라고 불러."

준코는 작은 갈색 눈동자를 크게 하고 아스카의 얼굴을 쳐다보았다. 눈부실 정도로 당당한 지금의 아스카의 모습으론 상상할 수 없는 이야기였다.

숨을 죽이고 자신을 쳐다보는 준코에게 아스카는 어깨를 으쓱하며 웃어 보였다.

"그렇게 놀란 얼굴 하지 마. 인생이란 산이 있으면 계곡도 있고, 그런 거야."

씩씩한 아스카의 말에 준코는 겨우 웃는 얼굴을 지어 보였다.

"아스카는 교류부장이니까 특수학교 아이들과 함께하는 일이 많을 거야."

아키라를 따라간 곳은 훈련실 앞의 홀이었다. 살짝 훈련실을 들여다본 아키라가 되돌아본다. 겁에 질린 강아지 같은 눈을 하고 있다.

"어라, 아키라잖아!"

갑자기 뒤에서 커다란 목소리가 들렸다. 빨갛고 파란색의 공이 가득 든 바구니를 안은 사나다 선생님이 서 있었다.

"얼마 보지 못한 사이에 많이 컸구나."

사나다 선생님은 진심으로 반가운 듯이 말했다. 아키라는 굳은 표정으로 화가 난 것처럼 서 있다.

"선생님, 메구미는요?"

조금 떨리는 목소리로 아키라가 물었다. 사나다 선생님은 아키라의 얼굴을 가만히 쳐다본다. 그리고 알았다는 듯이 고개를 크게 끄덕이더니 안고 있던 바구니를 바닥에 내려놓는다.

"자, 이리 오렴."

사나다 선생님은 부드러운 목소리로 말했다. 세 명은 선생님 뒤를 따라, 홀에서 안마당을 지나 모퉁이를 돌았다. 선생님은 복도 제일 끝에 있는 교실까지 가더니 문을 열고 들어오라는 손짓을 했다.

아키라는 주뼛주뼛 문 안을 들여다본다.

"다행이야, 아직 살아 있어."

휴— 하고 숨을 내쉬었다. 그리고 나서 아키라는 갑자기 손으로 입을 가렸다. 부주의한 말이라고 생각했지만 거짓 없는 마음의 말이었다. 아키라의 기분을 잘 알고 있기 때문에 사나다 선생님은 그저 씩 웃었다. 웃으니까 뺨에 주름이 가서 더욱 상냥한 얼굴이 된다.

"메구미는 지난주에 열두 살이 되었어. 아키라보다 몇 달 언니인 셈이 되는구나."

"아직 저를 기억할까요?"

긴장이 풀린 아키라가 다시 불안한 얼굴로 물었다. 사나다 선생님은 어깨를 으쓱하며 말했다.

"글쎄, 메구미에게 직접 물어보렴."

세 명은 메구미의 행동을 살피면서 교실로 들어갔다. 메구미는 몸을 제대로 못 가누는 일급 장애아였다. 작고 여윈 몸에 무거운 장애를 여럿 갖고 있는 메구미는 몸을 거의 움직일 수 없다. 눈과 손이 조금 움직일 뿐이다.

"안녕?"

교실에 있던 젊은 여선생님이 밝은 목소리로 말했다. 세 명은 허둥대며, "안녕하세요?" 하고 인사를 했다.

오렌지색 카펫 위에 쿠션을 베개 삼아 메구미는 파란 하늘을 보고 있었다.

"메구미, 안녕?"

아키라는 큰소리로 메구미에게 인사를 했다. 메구미의 커다란 눈동자가 하늘에서 아키라에게로 천천히 움직인다. 촉촉하고 맑은 눈동자에 아키라의 얼굴이 비쳤다. 메구미는 미소를 지으며 아키라의 얼굴을 향해 가는 팔을 뻗었다.

"날 잊지 않았구나, 메구미."

메구미의 손에 뺨을 갖다대며 아키라는 기쁜 듯이 말했다.

"메구미, 안녕?"

준코와 아스카도 소리를 맞춰 인사했다. 아키라에게서 아스카에게로 메구미의 눈동자가 움직인다. 맑고 촉촉한 눈동자 위로 검고 긴 속눈썹이 드리워져 있다.

메구미의 작은 손이 흔들리더니 아스카의 손에 닿았다. 따뜻하고 부드러운 메구미의 손이 기분 좋게 느껴졌다. 마음속에 부드러움이 솟아나는 것 같은 기분이 든다.

"자주 놀러 와라. 선생님들이 아무리 애를 써도 너희의 그 웃는 얼굴에는 도저히 당할 수가 없거든."

사나다 선생님은 머리를 긁적이며 말했다.

"메구미는 입학하고 한동안은 거의 표정이 없었어. 가끔 불쾌한 표정을 보이는 정도였지. 그런데 그게 아오바 초등학교와 교류를 하고부터는 싹 달라졌어. 처음으로 웃는 얼굴을 보여 주었을 때에는 정말 기뻤단다."

메구미 옆에 앉은 사나다 선생님은 눈을 가늘게 뜨며 미소를 지었다.

"교류학습 때에 아오바 친구들이 말을 걸잖니, 그러면 지금처럼 웃는 얼굴을 보인단다. 너희의 행동을 눈으로 좇으며 메구미도 즐기고 있는 걸지도 몰라. 다른 아이들도 정말 신기할 정도로 변해가고 있어."

아키라는 메구미의 손을 부드럽게 흔들었다. 사나다 선생님은 두껍고 커다란 눈썹을 실룩이며 세 명의 얼굴을 번갈아 보았다.

"너희 어린이들에겐 굉장한 에너지가 숨어 있어, 분명. 난 가끔 너희가 부러워진단다."

메구미의 눈동자가 사나다 선생님의 검게 그을린 얼굴 쪽으로 움직인다. 메구미가 자신을 쳐다보자 선생님은 부드럽게 미소를 지어 보인다.

"최근엔 말야, 교류 학습 때에 자기도 하고 싶다는 듯이 소리를 낼 때도 있어. 메구미뿐만이 아냐. 특수학교 아이들은 아오바 초등학교 친구들과 있을 때엔 언제나 자연스런 표정을 보여주지. 메구미도 지금 아주 기분 좋은 얼굴을 하고 있잖니."

메구미가 사나다 선생님에게로 손을 뻗는다. 메구미의 팔을 살짝 잡더니 선생님은 살그머니 흔들었다. 사나다 선생님의 두꺼운 팔과 나란히 있자 메구미의 여윈 팔이 더욱 눈에 띄었다.

"그래, 메구미. 메구미는 친구들이 좋은 모양이구나. 이것 봐, 너희를 아주 좋아한다는구나."

메구미는 웃었다. 큭큭큭 하고 목을 울리며 웃었다. 사나다 선생님은 눈을 동그랗게 하고 놀란 표정을 지었다. 젊은 여선생님도 허둥지둥 가까이 다가와 메구미의 얼굴을 들여다보았다.

"믿을 수 없어. 메구미가 소리내어 웃다니! 정말 너희에겐 당할 수 없다니깐."

사나다 선생님은 그렇게 말하고 다시 머리를 긁적였다. 아스카는 꿀꺽하고 침을 삼켰다. 눈물이 솟구칠 것 같았다.

점심 시간에 아스카는 다시 특수학교로 갔다. 전학 온 아스카를 위해 사나다 선생님은 학교를 안내해 주었다.

"이곳 특수학교는 말이지, 중증·중복 장애라고 하는 아주 심한 장애를 앓고 있는 아이들이 많이 있단다. 초등부에 37명, 중등부에 10명 그리고 방문 수업을 받고 있는 아이가 5명 있지."

사나다 선생님은 손가락을 꼽으며 아이들의 이름을 일일이 알려주었다. 아스카가 "선생님" 하고 손을 들었다. 진지한 아스카의 얼굴을 보고 사나다 선생님은 자신도 모르게 웃음을 터뜨렸다. 그리고 아스카의 표정에 맞춰 진지한 얼굴로 말했다.

"아스카, 질문 있니?"

"네, 방문 수업이란 게 뭐죠?"

아스카는 얼굴을 붉히며 작은 소리로 물었다.

"장애가 심하거나 집의 사정으로 학교에 올 수 없는 아이들을 선생님이 직접 집으로 찾아가 지도하는 거야."

아스카는 다시 손을 들 뻔하다가 당황해 반쯤 올린 손

7. 특수학교 129

을 내렸다. 사나다 선생님은 몸을 뒤로 젖히며 웃었다. 너무 웃어 기침이 나올 정도였다.

"통학할 때에는 스쿨버스 같은 게 있나요?"

"스쿨버스 다섯 대가 시내 11개 구를 돌며 아이들을 태우지."

대답하면서 사나다 선생님은 또 웃었다.

교실로 갔다.

작은 아이들의 가는 목과 팔에 이어져 있는 몇 개의 튜브가 보기만 해도 애처로웠다. 목에서 튜브를 통해 직접 위로 보내는 방법으로 식사하는 아이가 대부분이었다.

"이 아이들은 자신의 마음대로 근육을 늘였다 줄였다 할 수 없단다. 다들 자연스럽게 하는 호흡조차 저 아이들에게는 힘이 들지. 근육이 멋대로 움직여 숨을 쉴 수 없게 될 때도 있어."

자신의 힘으로 음식물을 삼킬 수 있는 아이에겐 선생님이 숟가락을 사용해 입에 넣어준다. 턱을 들어 입을 닫고 목을 통해 음식물이 넘어갈 때까지 말을 걸면서 부드럽게 지도하고 있다.

아스카는 교실에서 나와 사나다 선생님과 걸으면서 이상하게 생각했던 점을 물어 보았다.

"모두 굉장히 힘들어 보이는데 수업을 할 수 있나요?"

안마당까지 오자 사나다 선생님은 걸음을 멈추고 화단 앞에 쭈그리고 앉았다. 활짝 핀 튤립 옆에 파란 새싹이 여러 개 나 있다. 아스카도 그 옆에 쪼그리고 앉았다.

"가능하다고 믿고 있단다. 그렇게 믿으니까 수업을 할 수 있는 거지. 나의 일은 아이들의 생명력을 믿고 도와주는 거란다."

사나다 선생님은 마치 자신에게 말하듯이 힘을 주어 말했다. 아스카는 커다란 눈으로 선생님을 보았다.

"그렇다고는 하지만 자신을 잃을 때가 많지. 말을 할 수 없는 아이들이 대부분이니까. 우리는 말이라는 신호에 너무 익숙해져 있어. 말을 사용하지 않고 서로 이해하는 것은 어려운 일이지. 내가 갖고 있는 모든 감각을 사용해도 이해할 수 없을 때가 많으니까."

그렇게 말하면서 사나다 선생님은 몇 번인가 고개를 갸웃거렸다. 아스카는 화단에 손을 넣어 흙을 펐다. 손바닥에 담은 흙을 살살 뿌리면서 말했다.

"저는 얼마 전까지 목소리가 나오질 않았어요. 엄마에겐 전혀 통하지 않았지만 시골에 계신 할아버지와 할머니에겐 내 기분이 잘 전해졌죠. 왜지 아세요?"

사나다 선생님은 놀라 아스카의 옆얼굴을 본다. 아무리 보아도 건강한 소녀로밖에 보이지 않는다. 겉모습만으로는 아스카가 지닌 마음의 상처를 알 수 없었다.

"이해해 주려고 했으니까요. 할아버지와 할머니는 저를 믿고 이해해 주려고 하셨어요. 제 자신도 깨닫지 못했던 제 마음까지 정확하게 이해해 주셨지요. 그러니까 말이 있어도 없어도 마찬가지라고 생각해요. 선생님은 믿고 있다고 하셨잖아요. 그러니까 됐어요."

마음의 상처 따위는 느낄 수 없는 천진스런 표정으로 아스카는 행복하게 미소를 지었다.

"정말 당할 수 없다니까."

사나다 선생님은 머리를 긁적이고 웃으면서 말했다. 아이들의 힘은 굉장하다고 다시 한번 생각했다. 자신감과 희망이 솟구치는 것을 느꼈다.

＊

"오늘, 나 조금 이상했지?"

학교에서 집으로 돌아가는 길에 아키라가 물었다.

"그래, 조금 이상했어."

솔직하게 아스카가 대답했다.

"사실은 나, 특수학교에 가는 거 무서웠어."

아키라의 몸에는 어울리지 않을 정도로 작아진 책가방이 걸을 때마다 등에서 덜그럭덜그럭 소리를 낸다. 아키라는 등에 맨 책가방 끈을 꽉 잡았다.

"내가 1학년 때에는 반 아이들이 정말 사이가 좋았어.

그래서 아이들과 메구미 반에 자주 놀러 갔었지. 메구미하고 또 한 명 아주 사이 좋게 지냈던 아이가 있었어. 그 애는 우리와 다름없을 정도로 활발했지. 웃으면 말야, 굉장히 귀여웠어."

그때를 생각하는 것처럼 아키라는 눈을 가늘게 떴다.

"3학년 때였는데 2월인데도 굉장히 추웠어. 눈도 내렸고. 난 심한 감기에 걸려 학교에 가지 못했어. 아픈 바람에 그 아이의 생일을 축하해 주지도 못했지. 3일 늦게 약속한 생일 선물을 갖고 그 아이 반으로 갔어. 그랬더니 그 애가 보이질 않는 거야. 그 아이 이름도, 그 애가 베고 있던 쿠션도 아무것도 없었어."

눈물을 참듯이 아키라는 안경을 밀어 올렸다. 아스카는 아키라의 옆얼굴을 뚫어질 듯이 보고 있었다.

"죽은 거야, 그 아이. 너무 슬프고 무서워서…… 나 그 후론 특수학교에 갈 수 없었어."

아키라는 더 이상 참을 수 없는 듯 울음을 터뜨렸다.

아스카도 눈물이 솟구쳤다. 뭐라 말할 수 없을 만큼 슬펐다.

아스카와 아키라는 길에 선 채 서로 마주 보고 소리 내어 울었다. 지나가는 사람들이 몇 번이나 돌아보며 이상한 듯 고개를 갸웃거렸다. 그래도 아스카와 아키라는 울음을 그치지 않았다.

8. 반격

다 큰 남자 어른이 그렇게 사람들 앞에서 울 수 있을까.

아스카와 아키라, 준코로 인해 학교가 발칵 뒤집힌 그날 이후로 구로사와 선생님은 교실에서 자주 눈물을 보였다.

"별 이유도 없는데 툭 하면 울어."

집에 돌아갈 준비를 하면서 갑자기 아스카가 말했다.

조용한 방과 후 교실에는 아키라와 축구부의 파란 유니폼을 입은 시게루 그리고 아오다 쇼지가 있었다.

"선생님 말야? 맞아, 아스카는 처음이니까."

아키라가 고개를 가로저으며 말했다.

"난 5학년 때부터거든. 이젠 완전히 적응됐어. '울고 싶을 때 우세요' 라는 식이지."

"하지만 난 왠지 피곤하더라. 바로 앞에서 우니까 무슨 일일까 하고 자꾸 신경이 쓰여."

안경을 긴 손가락으로 밀어 올리면서 아키라는 창밖을 보았다.

"처음엔 말이지, 나도 반 아이들도 그렇게 생각했어. 선생님이 울면 정성을 다해 사과하고 달래고 그랬지. 하지만 깨달았어. 선생님은 어리광을 부리고 있는 것뿐이라고."

그때까지 잠자코 듣고 있던 시게루와 쇼지가 "맞아!" 하고 맞장구를 쳤다.

"어른이 어리광을 부리면 정말로 아무런 대책이 없다니까. 제발 이제 그만 봤으면 좋겠어."

축구공에 턱을 괴고 쇼지는 분명치 않은 목소리로 말했다.

아스카는 속으로 엄마를 생각했다. 자신의 문제를 아스카에게 덮어씌우고 엄마는 어리광을 부리고 있다. 구로사와 선생님도 그렇다. 자신의 문제를 우리 모두에게 덮어씌우고 어리광을 부리고 있다. 아스카는 점점 화가 치솟았다.

"난 그런 건 참을 수 없어. 확실하게 '아니'라고 말할 거야."

단호한 어투에 세 명은 놀란 얼굴로 아스카를 보았다. 그리고 고개를 숙였다.

"우리도 처음부터 아니라고 말하면 됐을 텐데. 어느새 이렇게 되고 말았어."

쇼지가 혼잣말처럼 냉정하게 말했다. 시게루가 고개를 숙인 채 말했다.

"따돌림 말야, 그게 일이 커진 것 같아. 오늘도 준코 아버지와 어머니가 교장실에 갔었어."

"오늘 긴급 학부모 회의가 있었던 모양이야."

쇼지가 말하자 아키라는 고개를 푹 숙인다. 이상하다고 아스카는 생각했다.

"이상하네. 학부모 회의에서 무얼 말하는 거지? 말할 필요가 있는 건 우린데 말야. 이대로 졸업하고 싶지 않아. 그건 정말 싫어. 얘들아, 우리가 6학년 2반을 바꾸어 보지 않을래?"

아스카의 말에 아키라가 눈을 반짝였다. 쇼지와 시게루의 등이 비를 맞아 자라는 한여름 나무처럼 쑥 하고 펴졌다. 그리고 나서 어두워질 때까지 네 명은 이런저런 방법을 내며 6학년 2반 개선책을 의논했다.

＊

준코에 대한 따돌림이 공공연하게 알려지자 반의 분위기는 완전히 변했다.

반의 주도권을 잡고 있던 다이스케 패거리의 목소리는

8. 반격 137

갑자기 작아졌다.

손바닥을 뒤집듯이 반 여자아이들은 쥰코 주위로 몰려들었다. 고독했던 쥰코는 갑자기 많은 '친구들'이 생겼다.

"죽는 방법을 모르겠어"라며 울었던 어제까지의 마음 약한 쥰코는 어디론가 사라져 버렸다. 날이 갈수록 쥰코의 태도가 달라지는 것을 아스카는 복잡한 심정으로 보고 있었다.

'친구들'은 지금까지 쥰코에 대한 자신들의 행동을 모두 마치코 탓으로 돌렸다. 마치코가 꾸민 것으로 하여 쥰코의 분노의 화살을 마치코에게 향하게 했다.

쥰코는 '친구들'의 꾀임에 점차 넘어갔다. 마치코를 향한 반격이 시작되었다.

마치코의 책상과 신발장에 〈죽어!〉, 〈너를 때려죽인다!〉라고 쓴 편지가 매일같이 붙어 있거나 들어 있었다. 눈에 띌 때마다 아스카와 아키라는 재빨리 떼어 찢어버렸다.

'죽음'과 '죽인다'라는 말을 아무 생각 없이 쓰는 아이들을 아스카는 용서할 수 없었다. 문 하나 건너 특수학교에는 1분 1초를 죽음과 싸우는 친구들이 있다. 연약한 생명의 등불을 필사적으로 지키는 선생님들이 있다. 부모들이 있다.

아스카는 입술을 깨물며 모습이 보이지 않는 상대를 향한 분노를 삭였다.

"아스카, 노무라 마치코를 조심하는 게 좋아. 선생님의 스파이래."

수업 중에 아스카 귀에 대고 쥰코가 소곤거린다.

"반에 대한 건 뭐든 선생님한테 고자질한대. 그래서 선생님이 편애하는 거래. 시험 점수가 나쁜데도 통지표 성적은 굉장히 좋게 나왔대. 뻔뻔스럽지 않니?"

깜짝 놀라 아스카는 쥰코의 얼굴을 쳐다보았다.

"정말이야. 마치코랑 제일 친했던 가오리가 한 말이야. 틀림없어."

쥰코는 작은 눈을 반짝이며 웃었다.

아스카는 쥰코를 째려보았다.

"그렇게 말하지 마. 남을 헐뜯고 뭐가 좋으니?"

자신도 모르게 커진 아스카의 목소리에 칠판에 문제를 내고 있던 구로사와 선생님이 뒤돌아보았다.

"죄송합니다."

고개를 움츠리며 아스카가 말했다.

쥰코는 뾰로통한 얼굴을 하고 있다. 선생님은 다시 칠판을 향해 돌아서며 코를 훌쩍였다.

아스카는 후— 하고 한숨을 내쉬었다. 반의 개혁을 서

둘러야 해. 아스카는 교과서의 내용이 눈에 들어오지 않았다.

*

아스카와 아키라, 시게루, 료지 네 명은 몇 번이고 서로 이야기를 나눠 만든 반의 개혁안을 갖고 교장 선생님께로 갔다.

"따돌림에 대해 서로 이야기를 나눴으면 합니다. 가능하면 부모님들도 함께 이야기를 나누고 싶으니 수업 참관으로 했으면 좋겠습니다. 저희에게 시간을 주십시오."

"따돌림으로 죽음을 생각할 만큼 궁지에 몰렸던 친구가 있었는데도 저희는 그것에 대해 아무것도 이야기를 나누지 못했어요. 이대로라면 또다시 그런 일이 생길지도 모릅니다. 부탁이에요, 선생님. 저희에게 함께 생각할 시간을 주세요."

교장 선생님은 료지와 아키라의 말을 듣고 공책에 써 온 개혁안을 보았다.

"굉장하구나! 좋은 생각을 했어."

교장 선생님은 감동한 듯이 말하더니 심각한 표정으로 팔짱을 끼었다. 네 명은 긴장하여 가만히 선생님의 얼굴을 보고 있었다. 교장 선생님은 힘있는 목소리로 말했다.

"좋아, 가능한 협력하마."

시게루는 엉겁결에 양팔을 올려 만세를 불렀다.

"애들아, 이것만은 약속해 주었으면 한다. 따돌림을 주도했던 아이를 모두 비판하는 일은 절대 하지 말 것. 따돌림을 자신의 일로 생각하는, 그런 시간이 되도록 할 것. 약속할 수 있겠니?"

교장 선생님은 아주 진지한 눈으로 네 명의 얼굴을 차례로 보았다.

"절대로 라고 하시니까 자신이 없어져요. 어떻게 하면 좋을지 가르쳐 주세요."

아키라가 어쩐지 불안한 듯이 말하자, 교장 선생님은 눈살을 찌푸리며 생각하는 얼굴을 했다.

"글쎄, 조언자가 있는 편이 안심하고 진행할 수 있겠는데…… 그래, 양호 선생님인 이토 선생님과 상담 선생님인 야자키 선생님께 부탁해 볼까?"

"고맙습니다, 교장 선생님."

네 명이 입을 맞춰 말했다. 홍조를 띤 네 명의 얼굴은 기대와 설렘으로 가득했다. 서로 손을 잡고 수업 참관의 성공을 기원했다.

*

"메구미, 안녕? 오늘 기분은 어때?"

아스카가 말을 걸자 메구미는 미소를 지으며 아스카의

손을 찾는다. 아스카는 메구미의 손을 잡고 가볍게 흔들었다.

쉬는 시간이 되길 기다려 아스카는 매일같이 특수학교로 갔다.

메구미의 손을 잡고 아스카는 이런저런 이야기를 한다. 거의 듣지도 못할 메구미가 아스카의 말에 맞장구를 치듯이 이따금 소리를 지른다.

아스카는 메구미와 있으면 마음이 편해진다. 메구미가 자신을 신뢰한다는 것을 느낄 수 있기 때문일까. 마음과 마음이 서로에게 전해졌다. 메구미의 상냥함은 아스카의 마음을 편하게 해 주었다.

복도로 나오자 메구미의 어머니가 아스카를 기다리고 있었다.

"아스카지? 메구미가 요즘 아주 기분이 좋은 것 같아서 그 이유를 사나다 선생님께 여쭤 봤더니, 아스카라고 하는 좋은 친구가 생겼기 때문이라고 하시더라."

메구미가 엄마를 닮은 모양이다. 메구미 어머니에게서도 상냥함과 부드러움을 느낄 수 있다. 메구미 어머니가 쳐다보자 아스카는 부끄러워 볼이 빨개졌다.

어깨까지 닿는 메구미의 머리는 늘 단정하게 빗겨져 있고 예쁜 리본이 달려 있었다. 엄마가 머리를 빗겨준 적이 없는 아스카로서는 메구미 엄마는 어떤 사람일까, 궁

금했었다.

부끄러워하는 아스카에게 메구미 어머니가 조심스럽게 말했다.

"일요일에 모리 공원으로 가족 소풍을 가는데 괜찮으면 같이 가지 않을래?"

"소풍요? 와— 좋아라. 저, 그런 건 처음이에요. 메구미는 휠체어에 태우고 갈 거죠? 제가 밀어도 될까요?"

기쁜 듯이 아스카가 말하자 메구미 어머니의 얼굴은 웃음으로 가득해졌다.

"다행이다. 왠지 일요일이 기대되는구나. 맛있는 도시락을 만들어 갈게. 아스카, 고맙다. 메구미에게 좋은 추억이 될 거야."

아스카의 손을 꼭 잡고 메구미 어머니는 눈물을 글썽였다.

수업 시작종이 울리자 아스카는 복도를 미끄러지듯이 달려 교실로 돌아갔다. 숨을 헐떡이면서 자리에 앉는 아스카를 준코는 차가운 시선으로 쳐다보았다.

창밖에는 따스한 봄 햇살이 한창인데 교실 안에는 아직 겨울의 찬바람이 불고 있었다.

8. 반격 143

9. 수업 참관

억수같이 쏟아지는 비였다. 그런데도 교실 뒤쪽의 학부모석은 수업 참관 10분 전에 이미 꽉 차 있었다. 토요일이어서 아버지들도 많이 눈에 띄었다.

"어떡해, 가슴이 터질 것 같아."

옅은 눈썹을 찌푸리며 아키라가 속삭인다.

"괜찮아. 자신을 믿어, 그리고 친구들을 믿어."

아스카는 가슴 앞에 승리의 V 사인을 하며 생긋 웃었다. 아스카의 가슴도 터질 것같이 두근거린다. 시게루와 눈이 마주쳤다. 살짝 고개를 끄덕이며 웃음을 나눈다.

사회는 아키라와 료지가 맡았다. 긴장하여 시작하기 직전까지 화장실을 들락거리던 료지라곤 생각할 수 없을 만큼 침착하게 사회를 본다.

먼저 시게루가 따돌림을 견디다 못해 자살한 중학생의 유서를 낭독했다. 이어서 다이스케 어머니가 그 중학생 어머니의 수기를 낭독했다. 아들의 슬픈 죽음을 한탄하며 도움이 되지 못한 부모의 무능함을 절절하게 써 내려간 수기였다. 다이스케 어머니는 학부모회의 대표였다.

*

어제 오후 —.

"내일 수업 참관 시작할 때 이걸 읽어 주세요."

아스카가 다이스케 어머니에게 수기를 복사한 종이를 건네며 말했다. 학부모회에서 아이들이 기획한 수업 참관을 도와주기로 하여, 학부모회 대표인 다이스케 어머니가 개회식에 참가하게 된 것이다. 건네준 수기를 읽으면서 다이스케 어머니는 점차 얼굴색이 변해 갔다.

"우리 다이스케는 다른 애들에 비해 조금 활발한 것뿐이야. 괜히 다른 애를 따돌린다고 너무 과장되게 소란을 떠는 거야."

계속 그렇게 생각하고 있었다. 준코에 대한 따돌림을 큰 문제로 생각하는 료지와 아키라 어머니의 행동을 성가시게 생각하고 있었다. '이거 난처한데' 하고 혀를 차고 싶은 기분이었다.

그러나 연습의 의미도 있고 해서 몇 번 읽는 동안에 생각이 바뀌어졌다. 따돌림당하는 쪽의 기분을 알 것 같다. 다이스케의 거친 성격을 그대로 방관해온 자신의 실

수를 깨닫게 되었다.

아침, 등교하는 다이스케를 보고, 다이스케 어머니가 말을 걸었다.

"다이스케, 오늘 엄마가 여러 사람들 앞에서 편지를 읽는단다. 엄마 마음을 담아 읽을 테니까, 다이스케 너도 잘 들어줘."

평소에는 쳇 하며 대답도 하지 않는 다이스케가 "알았어"라며 고개를 끄덕였다.

＊

다이스케 어머니는 다이스케에게 말을 하는 것처럼 마음을 담아 읽었다.

수기를 쓴 어머니의 마음이 그대로 듣고 있는 사람들 마음에 전해졌다.

다이스케는 책상에 푹 엎드려 있다. 어깨가 들썩였다.

학교 상담교사인 야자키 선생님과 양호교사인 이토 선생님이 풍부한 상담 경험에서 몇 개의 따돌림 경우를 이야기했다.

"보고도 못 본 척하는 사람들이 따돌림을 더욱 확대시켜 가죠. '그만하자'라고 말하지 못하는 약한 마음들이 많이 모여 점점 따돌림이 부풀어 갑니다."

"따돌림은 다른 누구의 문제가 아닙니다. 자신의 문제

예요. 자신이 어떻게 관계되어 있는가가 문제입니다. 상대의 존재를 소중히 생각하는 것은 자신의 존재를 소중히 하는 것이기도 해요. 그것을 꼭 여러분들이 알아주었으면 합니다."

이토 선생님과 야자키 선생님의 말은 쓴 약과 같았다. 마음을 콕콕 쑤시며 천천히 약효를 발휘한다. 모두 짚이는 것이 있었다.

'따돌림'이란 문제가 멀리 있는 중학생의 문제가 아니라 아오바 초등학교 6학년 2반 자신들의 문제라는 것을 마침내 모두 깨닫기 시작했다.

"저기, 한마디 해도 될까요?"

쥰코의 아버지가 손을 들었다.

"수업 참관이니까 모두의 이야기를 우리 어른들은 잠자코 듣는 것이 순서지만 한마디 하고 싶은데, 괜찮을까요?"

"네, 말씀하세요. 어른들도 의견이 있으면 말씀해 주십시오."

료지가 말했다.

"고마워요"라며 쥰코 아버지가 일어섰다. 작은 체구에 어딘지 모르게 쥰코와 비슷한 분위기였다.

"한 번 여러분과 이야기를 하고 싶다고 생각했는데, 오늘 정말 좋은 기회를 주어서 고마워요."

준코 아버지는 아키라와 료지에게 가볍게 인사를 하고는 준코를 힐끗 보았다. 준코는 얼굴을 붉히며 고개를 숙인다.

"나는 건축 일을 하고 있어요. 일을 하던 중에 옥상에서 떨어져 2년 정도 병원 치료를 받고 있죠. 돌봐야 하는 애들도 많고 꼼짝 못하는 할머니도 있어서 애 엄마가 많이 힘들었죠. 그야말로 엉덩이 한 번 제대로 붙일 새 없이 애를 많이 썼어요. 집안 청소도 제대로 하지 못하고 돈도 여유가 없어 준코 친구들이 놀러왔을 때 대접도 하지 못해 정말 미안하다고 생각해요. 아니, 빗대어 하는 말이 아니에요."

준코 아버지가 그렇게 말하자 다이스케와 히로시, 후지타가 고개를 숙인다.

"준코 옷차림에도 신경을 쓰지 못했어요. 준코가 아이들에게 따돌림을 당하는 게 다 자기 탓이라고 애한테 미안하다며 준코 엄마는 울 뿐이었죠. 인생이란 맑은 날도 있고 흐린 날도 있는 거예요. 언제나 맑은 날만 있는 것은 아니죠. 억수같이 비가 쏟아질 때도 있어요. 그때는 비에 젖은 사람을 손가락질하며 웃지 말고 우산을 받쳐주는, 도량이랄까, 그런 따뜻한 마음을 가졌으면 해요. 인간이니까 그런 것이 소중한 게 아닐까 생각해요."

학부모석의 부모들이 일제히 고개를 끄덕인다.

"난 말이죠, 처음에 쥰코가 따돌림을 당한다는 말을 듣고 정말 몹쓸 학교라고, 교장 선생님과 구로사와 선생님에게 소릴 지르며 화를 냈어요. 그런데 이 반에는 말이죠, 쥰코가 죽겠다는 바보 같은 결심을 했을 때 계속 같이 있어 주면서 우산을 받쳐준 따뜻한 마음을 가진 학생이 둘이나 있다고 들었어요. 그런 학생들이 다니는 학교니까 틀림없을 거라고 생각했죠."

쥰코 아버지는 아스카를 향해 가볍게 고개를 숙였다. 미소를 지으며 아스카는 고개를 움츠렸다. 조금 부끄러웠다.

"그런 친구들과 함께 하면서 쥰코도 우산을 받쳐줄 수 있는 인간으로 자라줄 거라고 생각하니, 정말 기뻤어요. 생각해 보니 일에 쫓겨 쥰코를 잘 봐준 적이 없었어요. 자신의 목숨이 자신의 것만은 아니라는 너무나 당연한 사실도 가르쳐 주지 못했죠. 이건 아버지로서 깊게 반성했습니다."

쥰코 아버지는 크게 숨을 내쉬었다.

"지금은 정말로 죽지 않아 다행이라고, 애 엄마와 함께 쥰코의 자는 얼굴을 보며 그 생각만 합니다. 우리 쥰코에게 우산이 되어준 두 친구에게 정말 고맙다는 말을 하고 싶어요. 고마워요."

쥰코 아버지는 말을 제대로 잇지 못했다. 눈에 손수건

을 댄 채 깊이깊이 고개를 숙였다.

학부모석에서 박수가 일었다. 눈시울을 붉히며 자리에서 일어서서 박수를 치는 아버지도 있었다. 코를 훌쩍이는 소리와 흐느끼는 울음소리가 이어졌다.

마치코가 손을 들었다. 마치코의 눈도 빨갛다.

"저는 가나자와 쥰코에게 나쁜 말을 했어요. 세균이라 놀리고, 친구들에게 험담을 했어요. 쥰코를 반에서 추방하자고 맨 처음 말한 것도 저예요. 지각했을 때에도 큰소리로 '돌아가' 라고 소리쳤어요. 그때는 그다지 나쁜 일이라고 생각하지 않았으니까요. 하지만 지금 생각하니 정말 부끄러워요. 가나자와 쥰코, 미안해. 정말 미안해."

언제나 새초롬해 있던 마치코가 눈물로 범벅이 되어 흐느끼고 있다.

"나쁜 건 저예요. 제대로 사과하지 못했으니까 이 자리에서 사과할게요. 가나자와 쥰코, 용서해 줘. 때리고 발로 차고 놀려대서 정말 미안해. 네 기분을 전혀 생각하지 못했어. 너를 괴롭힐 때에는 흥분해서 재미있다고 생각했는데 혼자 있으면 나도 괴로웠어. 내 스스로 나를 때리고 싶은 기분이야."

다이스케는 낮은 목소리로 힘없이 말하더니 쥰코를 향해 고개를 숙였다. 다이스케 어머니도 일어서서 같이 고개를 숙였다.

준코는 자신의 잘못을 사과하는 마치코와 다이스케를 보려 하지도 않았다. 얼굴을 붉히며 계속 발밑을 내려다보고 있었다.

다카노 기미에가 손을 들었다. 헛기침을 한 번 하고 일어섰다.

"따돌림당하지 않도록 하는 것이 자신을 지키는 것이라고 생각했어요. 결국 모두에게 상처를 입히고 자신도 상처를 입었죠. 반에 따돌림이 생기고 나서 계속 무겁고 개운치 않은 기분이었는데…… 사실은 그 이유를 잘 알고 있었어요. 자신의 마음을 닫고 있었기 때문이에요. 좀 더 빨리 이런 기회를 가졌어야 했다고 생각해요. 지금 다른 친구들의 기분을 알게 되니, 내 자신이 다시 태어난 것 같은 기분이 들어요."

기미에는 아스카에게 미소를 지으며 자리에 앉았다.

준코가 일어섰다. 고개를 숙인 채 한동안 아무 말도 하지 않는다.

"미안해요, 아빠. 나, 정말 바보였어요. 죽을 생각을 할 정도로 괴로웠는데 이번에는 노무라 마치코에게……"

힉 하고 목소리가 꺾이며 말을 잇지 못한다. 잠시 후 쥐어짜는 듯한 목소리로 준코는 소리쳤다.

"마치코 책상에 '죽어', '때려죽인다'라고 쓴 종이를 넣고, 친구와 떼어놓고, 있지도 않은 일을 있는 것처럼 말하고……."

준코의 작은 몸이 말을 잇지 못하고 흐느낄 때마다 크게 흔들린다.

"아빠 말처럼 우산을 받쳐주는 사람이 되지 못했어요. 친절하게 대해준 아스카에게까지 심술궂게 굴었어요. 오늘처럼 아빠가 말해 주었다면 좀더 빨리 나도 깨달았을 텐데, 미안해요."

으앙― 하고 소리를 내며 준코는 울음을 터뜨렸다. 마치코가 일어서서 준코에게로 갔다.

"이제 됐어, 괜찮아."

그렇게 말하면서 준코의 어깨에 손을 얹었다.

학부모석에서도, 학생석에서도 따뜻한 눈빛이 마치코와 준코에게로 쏟아진다. 마음속에서 솟아나는 기쁨이 교실 구석구석까지 가득 찼다.

단 두 시간이었다.

그 사이에 창밖에는 맑게 갠 파란 하늘이 펼쳐졌다. 교실 안의 준코와 다이스케의 마음을 그대로 비춘 것 같은 파란 하늘이었다.

아스카의 몸은 따뜻한 감정으로 가득 찼다.

― 할아버지, 고마워요.

― 할아버지가 아스카의 마음에 가득 사랑을 넣어 주어서 아스카는 무엇이든 할 수 있을 것 같아요.

벚나무 가지 가득 피어 있는 초록잎이 바람에 펄럭여 은빛으로 빛난다. 아스카가 미처 깨닫지 못한 사이에 바람은 이미 초여름을 재촉하고 있었다.

10. 남매

"그런 네 멋대로의 생각은 절대 인정할 수 없어!"

현관문을 연 아스카의 귀에 아빠의 화난 목소리가 들려왔다. 엉겁결에 아스카는 몸을 움츠렸다.

화창한 5월의 일요일이다. 아스카는 메구미와 메구미 부모님과 함께 가까운 공원으로 소풍을 갔다. 초록의 풀밭에서 맑은 공기를 가득 마시고 메구미와 함께 즐거운 시간을 보내고 집에 돌아온 것이다.

발소리를 죽여 살짝 거실 쪽으로 가보니 나오토를 앞에 두고 아빠와 엄마가 무서운 얼굴을 하고 있다. 울 것 같은 목소리로 엄마가 말했다.

"무엇 때문에 여태까지 고생했니. 생각을 바꿔라, 나오토."

엄마의 말을 무시하고 나오토는 안을 들여다보는 아스카에게 씽긋 웃어 보인다.

"나, 학교 그만두기로 했어."

아스카에게 들어오라고 손짓하면서 나오토가 말했다. 아스카는 커다란 눈을 더욱 크게 뜨며 약간 놀란 표정을 지었다. 쾅 하고 아빠가 주먹으로 테이블을 쳤다.

"아무튼 안돼. 자퇴 같은 건 아빠는 인정할 수 없어."

냉정하게 말했다. 아빠는 모두 엄마 탓으로 돌렸다.

"당신이 한눈 파니까 이런 일이 생기는 거야. 아스카 일만 해도 그래. 애들 엄마라는 사람이 일한답시고 집에 없으니까 그렇잖아! 어머니께는 뭐라 말할 거야?"

거친 목소리로 말하고 아빠는 손톱을 깨물며 무릎을 떨기 시작했다.

나오토는 지겹다는 표정으로 아스카를 본다. 아스카가 입만 벙긋대며 "오빠, 파이팅!" 하고 말했다.

"자식이 둘이나 등교 거부라니, 회사에 그 사실이 알려지면 어떻게 하느냔 말야. 창피해서 얼굴을 들고 밖에 나다닐 수나 있겠어? 정말 당신 뭘 한 거야? 난 계속 집에 없었으니까 다 당신 책임이야. 이래서 어디 애들 맡기고 일하겠어?"

엄마는 양손으로 얼굴을 가린 채 아무 말도 하지 않았다.

아빠는 은행에서 근무한다. 3년 전에 혼자 지방에 내려갔다가 지난달에 올라왔다. 하지만 요코하마에서 그다지 멀지 않은 나고야였기 때문에 일주일에 한 번은 꼭 집에 왔다. '난 계속 집에 없었으니까' 라니, 정말 뻔뻔스러워, 아빠. 아스카는 화가 난 얼굴로 아빠를 째려보았다.

"제 이야기를 좀 들어보세요."

참다 못해 나오토가 말했다. 그래도 아버지는 고개를 돌리고 있다.

"미리 말씀드리겠는데요, 저도 아스카도 아빠가 창피해할 만한 행동은 하지 않아요. 그러니 걱정 말고 고개 들고 당당하게 다니셔도 돼요."

강한 어투로 나오토가 말했다.

아빠의 눈꺼풀이 떨린다.

"저는 15년간 쭉 아빠와 엄마가 말하는 대로 해왔어요. 아빠와 엄마의 기대에 어긋나지 않도록 노력했다고 생각해요."

엄마는 양손을 내리고 얼굴을 들더니, 크게 고개를 끄덕인다.

"그래, 계속 착한 아이였지. 그런데, 왜……."

"이제 슬슬 벗어나고 싶어요. 그 '착한 아이' 로부터."

창백한 엄마의 뺨에 눈물이 주르륵 흐른다.

"제 다리로 걷고 싶어졌어요. 여러 사람들과 부딪치면서 살고 싶어요."

"그거야 학교를 그만두지 않아도 되는 거잖니?"

엄마가 애원하는 듯한 눈으로 나오토를 본다.

"중학교 때부터 사립학교가 저와는 맞지 않는다고 생각했어요. 자퇴할 용기가 없었을 뿐이에요."

고개를 크게 가로저으며 나오토는 엄마의 애원하는 눈을 뿌리쳤다.

"애써 태어난 자신의 생명을 소중하게 쓰고 싶어요. 채찍으로 몰아 먹이통 앞에 세우는 그런 공부는 이젠 싫어요. 스스로 공부하는 방법을 찾고 싶어요."

나오토는 주저 없이 또렷한 어투로 말했다. 아스카는 완전히 감동하여 오빠의 얼굴을 쳐다보았다.

"무슨 꿈 같은 소릴 하는 거야? 세상이 그렇게 호락호락한 줄 알아?"

흥 하고 콧방귀를 끼면서 아빠가 말했다.

"꿈을 꿔서는 안되나요? 전, 겨우 열다섯 살이에요, 아빠. 꿈을 향해 살고 싶어요."

아빠는 깔보는 듯이 나오토를 힐끗 노려보았다.

"난 꿈 같은 거 갖지 않았다. 아침부터 밤까지 공부, 공부만 하느라고 쓸데없는 건 생각할 여유가 없었지. 그게 보통이야. 그렇게 하지 않으면 뒤처지고 말아."

"그러고 보니 우리는 아빠한테 즐거웠던 추억 이야기 같은 거 한 번도 들은 적이 없어요. 여유가 없을 정도로 공부만 해서 아빠는 행복을 잡으셨어요? 살아 있는 기쁨을 느끼셨어요?"

아빠는 입술을 실룩였다. 고개를 돌리고 나오토의 질문을 무시했다.

"뒤처진다는 게 뭐죠? 그럼 아빠 인생은 성공했다는 건가요? 자식들에게 말해줄 추억 한 가지도 없는 인생이 성공이라면, 전 뒤처지는 편이 나아요."

짝짝짝, 아스카는 자신도 모르게 박수를 쳤다. 아빠와 엄마는 무서운 얼굴로 아스카를 노려보았다. 아스카는 거북이처럼 목을 움츠렸다. 나오토가 씩 웃었다.

"아무튼 내일 자퇴서를 낼 거예요. 그후에 종합 고등학교 편입시험을 칠 겁니다. 거긴 단위 학습제예요. 지금까지 남의 손에 이끌려왔던 저에게 좋은 공부가 될 거예요. 서류는 이미 받아 왔어요. 이상으로 보고를 마칩니다."

단숨에 그 말만을 하고 나오토는 일어섰다. 작은 소리로 중얼거리고 있는 아빠 옆에서 엄마는 혼이 나간 것처럼 멍하니 앉아 있었다.

*

다음날, 자퇴서를 낸 그 길로 나오토는 기차를 타고 우쓰노미야로 갔다.

아빠와 엄마 앞에서는 자신 있는 것처럼 말했지만 마음속은 불안으로 가득 차 있었다. 자퇴서를 낼 때도 왠지

불안한 마음을 견딜 수가 없었다. 손도 다리도 마음도 떨렸다.

나오토는 할아버지와 이야기를 하고 싶었다.

*

나뭇잎 사이로 해가 비치는 툇마루에 할아버지와 나란히 앉아 나오토는 자신의 생각을 전부 말했다. 아빠와 엄마에게는 말할 수 없었던 것이 많이 있었다.

경쟁에 지쳐 마음의 병을 얻은 친구, 난폭한 교사를 비판한 정의파 친구, 슬럼프에 빠져 성적이 오르지 않는 친구······. 그런 친구들이 차례 차례 자퇴로 내몰려 간다.

"어제까지 같은 교실에 있던 친구들이 어느새 없어져요. 선생님도 우리도 아주 자연스럽게 그 친구들을 잊어버리죠. 마치 존재하지 않았던 것처럼요."

외로워 보이는 나오토의 옆얼굴을 할아버지는 마음의 고통을 느끼면서 쳐다보고 있다.

"학교는 규격에 맞지 않는 학생을 잘라버려요. 우리는 기계의 부품 같아요. 그 안에 있으면 마음의 감각이 점점 마비되어 가는 것 같아 무서워져요."

나오토의 괴로운 심정이 할아버지의 마음에 전해진다. 할아버지는 안경을 벗어 눈시울을 닦았다.

"성적은 나쁜 편은 아니에요. 하지만 조금만 긴장을 풀어도 뚝 떨어져요. 언제나 무언가에 쫓기는 것 같아 긴장을 풀 수가 없어요."

나오토는 후— 하고 길게 한숨을 내쉬었다.

"친한 친구라고 생각했던 녀석이 마음의 병을 얻어 자신의 방에서 한 발자국도 나올 수 없게 되었어요. 저는 굉장히 충격을 받았죠. 그렇게 힘들었는데도 제게 아무 말도 하지 않았던 거예요. '날 신뢰하지 않았구나' 라고 생각하니 견딜 수가 없었어요."

고개를 들고 나오토는 할아버지를 보았다.

"이대로 흘러가면 제 마음도 망가질 것 같아 나름대로 진지하게 생각했어요. 그런 때 마침 아스카가 이런 말을 했어요."

밝은 햇살이 쏟아지는 하늘을 나오토는 눈이 부신 듯 올려다본다.

"인간은 매일 변해간다고, 변하기 위해 공부하는 거라는 의미의 말을 당연한 것처럼 말했어요. 그때 갈 길을 바꾸자고 결심했어요."

꽃잎이 떨어지는 가운데 양팔을 벌리며 웃고 있던 아스카의 얼굴이 떠올랐다. 팔짱을 끼고 듣고 있던 할아버지는, 그래 하고 고개를 끄덕였다.

"아스카가 그런 말을 하게 되었구나."

눈을 가늘게 뜨고 할아버지는 기쁜 듯이 말했다.

"우리 나오토, 참 기특하구나. 다 컸어, 거기까지 혼자 생각하다니."

할아버지는 감동하여 몇 번이고 고개를 끄덕였다. 나오토의 얼굴에 미소가 번진다.

"젊다는 건 좋은 거지. 나오토, 네가 선택한 길을 가거라. 넘어지면 할아버지한테 와서 쉬면 된다. 꿈을 찾아봐! 할아버지는 기대하며 지켜보마. 우리 나오토가 찾는 꿈이라. 하하하, 그거 참 멋지구나."

할아버지는 나오토의 어깨를 치며 웃었다. 나오토의 마음은 날개가 돋아난 것처럼 가벼워졌다. 넓은 하늘로 날아오를 용기가 솟구쳤다.

"여보, 아쓰코 씨에게서 전화 왔어요."

안에서 할머니가 할아버지를 부르러 나왔다. 할아버지는 일어서면서 나오토에게 웃어 보였다.

"나오토에게 나중에 부탁할 게 있다."

할아버지는 나오토의 어깨를 가볍게 두드리고 뛰듯이 안으로 들어갔다.

"아쓰코 씨는 하시모토 선생이야. 아스카의 5학년 때 담임 선생님 말야."

할머니가 비밀을 말하는 것처럼 양손을 입가에 대고 나오토에게 말했다.

"왜 하시모토 선생님이 할아버지께 전화를 해요?"

"내가 말했다는 것 할아버지한테는 비밀이다."

할머니는 풋 하고 웃더니 아스카가 자주 하는 것처럼 고개를 움츠렸다.

"아쓰코 씨는 아스카가 걱정이 되어 가끔 편지도 하고 전화도 했었단다. 그래서 우리와 아주 친해졌지."

할머니는 부드럽게 미소를 지었다.

사람과 사람의 관계에 나오토는 감동했다.

"아쓰코 씨, 3월에 아기를 낳았단다. 그래서 지금은 학교를 쉬고 있어. 이번에 남편이 레스토랑을 열게 되어서 그 준비도 있고 해서 굉장히 바쁜 모양이야. 요코하마 어디라고 하던데…… 그래, 모토마치라고 했어."

어느새 할아버지가 할머니 뒤에 서서 듣고 있다. 할머니는 눈치 채지 못하고 정신없이 이야기하고 있다.

"그 다음은 내가 말할까?"

갑자기 할아버지가 그렇게 말하자 할머니는 당황해 양손을 입에 갖다 댔다.

"그 레스토랑에서 아스카의 생일 파티를 하려고 한다는구나."

툇마루에 앉으며 할아버지가 말했다.

"네? 그럼 할아버지와 할머니도 요코하마에 오시는 거예요? 아스카한테 최고의 선물이 될 거예요, 분명."

"아쓰코 씨와 의논을 했지, 파티 같은 거 우린 잘 모르니까. 나오토도 도와주겠지? 아스카에겐 비밀이다."

할아버지는 크게 소리내어 웃었다. 이 얼마나 즐거운 계획인가! 나오토는 가슴이 두근거렸다.

"좋아요. 저도 뭐든 할게요."

"이거 초대장을 보낼 사람들의 명단이다."

할아버지는 이름이 적힌 종이를 나오토에게 보였다. 나오토도 들은 적이 있는, 아스카의 친구들 이름이 몇 있었다.

"그런데 할아버지께서 어떻게 아스카 친구 이름까지 알고 계세요?"

"아스카가 3일에 한 번씩 편지를 보내잖니. 그건 알고 있지?"

"부모 자식간의 정보다 강한 할아버지와 손녀의 정이네요."

할아버지와 할머니는 소리 내어 웃었다. 나오토도 웃었다. 가족끼리 이렇게 소리 내어 웃는 걸 나오토는 경험하지 못했다.

아스카가 얼마나 기뻐할까. 생각만 해도 나오토는 행복해지는 것 같았다.

갑자기 하늘이 어두워졌다. 번개가 하늘을 달린다. 쿠르릉 하고 천둥 소리가 나더니 큰 빗방울이 떨어지기 시

작했다. 서둘러 빨래를 걷는 할머니를 할아버지와 나오
토가 돕는다.

그대로 비는 계속 내려, 나오토가 돌아갈 무렵에는 앞
이 보이지 않을 정도로 억수같이 쏟아졌다.

＊

나오토가 자퇴하고 난 후 아빠는 나오토를 피하게 되
었다.

엄마는 때때로 눈물 고인 눈으로 나오토를 가만히 쳐
다본다. 아직 포기할 수 없는 모양이었다.

편입시험을 눈앞에 둔 나오토는 공부에 전념했다. 그
리고 그 사이사이에 아스카의 생일 파티 준비를 거들었
다. 모토마치에 있는 하시모토 선생님의 레스토랑은 온
화한 느낌이 드는 곳이었다.

"아주 느낌이 좋은 레스토랑이에요. 할아버지도 마음
에 드실 거예요."

나오토가 전화로 보고하자, 할아버지는 마침 초대장을
쓰고 있는 중이었다고 했다.

"아스카의 생일을 진심으로 축하하고 싶어서 네 엄마
아빠한테도 초대장을 쓸 거란다."

할아버지의 말에 나오토는 가슴이 뭉클해졌다.

*

5월의 마지막날이었다.

기온이 갑자기 떨어져 추위마저 느껴지는 날이었다.

거실에서 나오토 혼자 텔레비전의 뉴스를 보고 있었다. 아스카는 이미 잠들었다. 엄마는 통역 일정표와 서류를 안고 방으로 들어갔다. 아빠는 아직 돌아오지 않는다.

일기 예보에서 오늘은 3월 하순같이 추운 하루였다는 자막이 흐른다. 도치기 지방 산간 지역에는 우박이 내린 곳도 있다고 한다. 문득 나오토는 중얼거렸다.

"할아버지 댁은 괜찮나?"

전화벨이 울렸다. 나오토는 반사적으로 벽에 걸린 시계를 올려다보았다. 11시 10분이었다.

"나오토니? 할아버지다. 어때, 생일 파티 준비는 잘되고 있니?"

"네, 잘돼요. 왠지 저까지 가슴이 두근거려요."

"그래? 무슨 일이 있어도 생일 파티는 해야 한다, 알았지?"

"네, 그런데 지금 이 시간에 웬일이세요?"

"갑자기 아스카 목소리가 듣고 싶어서."

"알았어요, 바꿔 드릴게요. 잠깐만 기다리세요."

수화기를 놓고 나오토가 뒤돌아보자 엄마가 창백한 얼굴을 하고 서 있었다.

"전화, 할아버지지?"

나오토가 고개를 끄덕이자 엄마는 나오토가 내려놓은 수화기를 들었다.

"아버지, 이번에는 어떤 일을 꾸미시는 거죠? 더 이상 상관하지 마세요. 아무튼 지금 아스카 자니까, 나중에 다시 거세요. 안녕히 주무세요."

그렇게 말하고 난폭하게 수화기를 내려놓았다. 나오토는 어이가 없어 엄마를 보고 말했다.

"왜 맘대로 끊어요? 급한 일일지도 모르잖아요."

"숨겨도 다 알아. 너 우쓰노미야에 갔었지? 너도 아스카도 내 자식이야. 그런데 왜 할아버지한테 가는 거니? 중요할 때에는 왜 내 옆에 있지 않는 거니, 응? 우쓰노미야에 가서 둘 다 이상해져 왔어. 할머니가 내 험담을 하던? 말해봐, 나오토."

갑자기 엄마는 울음을 터뜨렸다. 나오토는 주먹을 꽉 쥐었다.

"무슨 말이에요? 중요한 때에 힘이 되어 주지 않은 건 엄마예요. 할아버지와 할머니가 없었으면 아스카도 나도 어떻게 됐을지 몰라요. 왜 그걸 모르세요? 난…… 나는…… 엄마를 죽이고 싶다는 생각까지 했어요."

나오토는 자신도 모르게 소리쳤다. 마음속 깊이 감춰 두었던 말이 분노의 파도에 실려 튀어나왔다. 참았던 눈

물이 쏟아진다. 엄마의 눈과 입은 너무 놀란 나머지 크게 벌어진 채 움직이지 않았다.

"할아버지도 할머니도 험담 같은 것은 하지 않으세요. 한마디도 하지 않았어요. 오히려 엄마를 걱정하셨어요. '언제나 노력하는 성격이라 무리하지 않을까' 라며. '건강을 해치면 안되는데' 라고 늘 걱정하셨단 말이에요!"

엄마는 소리 내어 울었다.

"오빠."

자고 있던 아스카가 눈을 비비며 나오토 옆으로 와 말했다.

"할아버지는? 할아버지는 어디 있어?"

"어디 있냐니, 우쓰노미야에 계시잖아. 갑자기 무슨 잠꼬대야, 너?"

"아냐, 지금 할아버지가 날 불렀어."

"전화가 왔었어. 네 목소리 듣고 싶다시면서."

"언제?"

"조금 전에. 엄마가 끊었어. 그걸로 옥신각신하고 있던 중이야."

그렇게 말하고 나서 나오토는 뭔가 깨달은 듯한 표정으로 아스카를 보았다. 아스카의 커다란 눈이 겁에 질려 있다. 나오토는 서둘러 우쓰노미야로 전화를 걸었다. 신호음만 계속 울릴 뿐 아무도 받질 않는다. 불길한 생각에

가슴이 터질 것처럼 두근거렸다.

전화벨이 울렸다. 나오토는 떨면서 수화기를 들었다.

"네, 여보세요?"

"나오토? 나오토니? 조금 전 할아버지가 쓰러지셨어. 구급차로 병원에 옮겼는데 이미 가망이 없다는구나. 의사가 아침까지 힘들 것 같다니까 엄마한테 어서 내려오라고 말해다오. 할머닌 너무 급작스런 일이라 뭐가 뭔지 모르겠구나."

"가망이 없다니, 할아버지가 돌아가신다는 거예요? 조금 전 전화로 이야기를 했는데? 울지 마세요, 할머니. 곧 갈게요."

숨을 죽인 엄마. 아스카는 나오토를 가만히 보고 있다. 그러다 무너지듯이 그 자리에 주저앉는다.

"엄마 바보! 왜 전화를 끊었어!"

아스카가 소리친다. 바닥을 쿵쿵 치며 소리친다. 눈물이 목을 막는다. 너무 괴로워 숨이 막힐 것 같다. 나오토가 어깨를 쳤다.

"아스카, 할아버지한테 가자. 정신 차려."

멍하니 떨고 있는 엄마를 대신해 나오토가 아빠의 휴대전화로 연락을 했다. 그리고 30분 후에는 아빠 차로 우쓰노미야로 내려갈 준비를 마쳤다.

차 안에서 아스카는 화를 내는 것도 잊고 그저 멍하니

창밖의 어둠을 보고 있었다.

　　＊

　우쓰노미야의 시립병원에 도착한 것은 동쪽 하늘이 밝아올 무렵이었다.

　할아버지는 이미 눈을 감은 뒤였다.

　"할아버지, 아스카예요. 눈을 뜨고 일어나세요, 네? 할아버지."

　아스카가 할아버지 귓가에다 속삭인다.

　"조금 전에 눈을 감으셨단다. '아스카가 왔구나', 그렇게 말하고 웃으며 숨을 거두셨어."

　너무 울어 빨갛게 된 눈을 끔뻑이며 할머니가 조용히 말했다.

　아스카는 할아버지 손을 잡는다. 할아버지가 꼭 잡아줄 것을 기대하면서⋯⋯.

　그러나 아무런 반응도 보이지 않는 할아버지의 손은 점점 차가워질 뿐이었다. 아스카는 할아버지 손을 계속 잡고 있었다.

　― 할아버지, 부탁이에요. 아스카를 혼자 두지 마세요.

　불안과 고독의 검은 구름이 아스카의 마음에 퍼진다. 아스카의 웃는 얼굴과 희망이 사라져간다.

*

6월이 되었다.

특수학교 안마당에 그늘을 드리우고 있던 층층나무의 하얀 꽃이 활짝 피었다. 막 피기 시작한 사랑스런 꽃을 굵은 빗방울이 심하게 내리친다. 비를 맞아도 다시 늠름하게 피는 하얀 꽃에 아스카는 마음을 뺏겨 꼼짝 않고 서서 바라보았다. 층층나무의 싱싱한 아름다움에 아스카는 메구미의 하얀 얼굴을 떠올렸다.

메구미의 가늘고 작은 몸은 병으로 쇠약해 있었다. 메구미는 그래도 아스카가 온 걸 느끼면 희미하게 미소를 지어 보였다. 아스카가 아무 말 하지 않아도 메구미는 아스카의 슬픈 마음을 아는 것 같았다.

메구미의 투명한 눈동자가 아스카를 한없이 부드럽게 감싼다. 아스카에게 용기를 주려는 듯이 메구미의 가는 손가락이 아스카의 뺨을 만진다.

둘이 서로 마음을 주고받는 것을 사나다 선생님은 교실 벽에 기대어 보고 있었다.

"바람에 흔들리는 촛불인가……."

사나다 선생님은 중얼거렸다. 며칠 전 사나다 선생님은 메구미 어머니로부터 메구미의 생명이 얼마 남지 않았다는 말을 들었다.

"가능한 학교에 오게 하고 싶어요. 메구미가 그렇게 원하고 있어요. 등교할 시간이 되면 이미 움직일 수 없게 된 몸을 흔들어 학교에 가겠다고 하거든요."

아침마다 사나다 선생님이 "안녕" 하고 말을 걸면, 괴로워 숨을 헐떡이면서도 메구미는 반가운 듯이 미소를 지었다.

사나다 선생님은 이마에 손을 대고 흐르는 눈물을 감췄다. 참을 수 없는 기분이었다. 아스카의 마음을 생각하면 더욱 마음이 무겁게 가라앉았다.

사나다 선생님은 양호교사인 이토 선생님과 메구미 어머니하고 의논했다.

"사랑하는 할아버지를 잃고 지금 아스카는 많이 약해져 있어요. 그 위에 메구미의 일이 겹치면 어떻게 될지 정말 걱정스럽습니다. 유리처럼 깨지기 쉬운 그 아이의 마음을 어떻게든 지켜주고 싶습니다. 아스카에게 메구미의 상태를 솔직하게 말해 주고, 마음의 준비를 시키는 것이 좋을 것 같은데요."

사나다 선생님이 말했다.

완전히 미소를 잃은 아스카의 얼굴에 이토 선생님도 메구미 어머니도 마음이 아팠다.

"할아버지의 죽음은 너무 갑작스런 일이라 더욱 받아들이기 힘들 거예요. 마음의 준비라곤 하지만 그것만큼 어려운 일도 없어요."

어찌할 바를 모르겠다는 듯이 천장을 올려다보며 이토 선생님은 입술을 깨물었다.

"저는 메구미가 태어날 때부터 마음의 준비를 시작했어요. 그 아이는 언제 죽을지 모를 그런 상태였거든요. 메구미의 한정된 생명이 나름대로 빛나도록 하루하루 소중하게 보살펴 왔어요. 메구미와 헤어질 날이 와도 후회하지 않도록, 울지 않도록 말이죠. 12년 동안 준비해 왔지만 역시 안돼요. 메구미 생각하면 눈물만 나고……."

메구미 어머니는 손수건을 눈에 갖다 댔다.

"사나다 선생님, 슬플 때에는 우는 수밖에 없어요. 저, 아스카와 맘껏 울 거예요. 둘이서 실컷 울 거예요. 메구미가 입원하면 아스카를 병원으로 데려와 주시겠어요?"

사나다 선생님은 메구미 어머니의 강함과 부드러움에 감동했다.

"메구미는 분명 아스카에게 무언가를 남겨 줄 거라고 생각해요. 슬픔만이 아니라 희망이 되는 것을요. 둘은 친구잖아요."

"현실을 똑바로 보게 하고 나머지는 아스카의 생명력을 믿고 지켜보자는 거군요."

사나다 선생님이 말하자 메구미 어머니는 크게 고개를 끄덕였다. 이토 선생님은 더 이상 참을 수 없는지 소리를 내어 울었다.

*

다음주 월요일, 메구미는 심한 고열로 시립병원에 입원했다.

가방을 등에 멘 채 아스카는 사나다 선생님과 함께 병원으로 달려갔다. 메구미가 입원한 시립병원은 특수학교와 길 하나를 사이에 둔 곳에 있었다.

메구미는 중환자실에 있었다. 문 밖에서 지켜보면서 메구미 어머니는 아스카의 손을 잡았다.

"아스카, 잘 와주었다. 메구미의 생명의 불꽃은 머지않아 꺼질 거야."

눈을 크게 뜨고 숨을 죽이는 아스카. 할아버지가 돌아가신 지 아직 3주도 지나지 않았다. 아스카의 얼굴이 일그러진다.

"생명이 꺼진다는 것은 잃는 것이 아니라고 아줌마는 생각한다. 메구미가 태어난 것을 아줌마는 잊지 않을 거야. 메구미의 웃는 얼굴도 눈물도 하나도 빠짐없이 아줌

마는 또렷이 기억해 둘 거야."

메구미 어머니의 눈물이 아스카의 뺨에 떨어졌다. 따뜻한 눈물이었다.

"생명이 꺼질지라도 메구미는 내 마음속에 영원히 살아 있을 거야. 그러니까 슬프지도 외롭지도 않단다."

아스카는 메구미 어머니의 품에 안겨 할아버지를 생각했다. 마음에 자물쇠를 걸고 꼭꼭 담아둔 할아버지의 죽음. 생각하는 것만으로도 숨을 쉴 수 없을 만큼 슬프다. 아스카는 아직 할아버지의 죽음을 어떻게 받아들여야 좋을지 알 수 없었던 것이다.

메구미 어머니의 말은 아스카의 마음에 따뜻하게 깊이 전해지고 있었다.

＊

그날부터 아스카는 매일같이 메구미의 병실을 찾아갔다. 그리고 침대에 누워 있는 메구미와 메구미 부모님과 함께 시간을 보냈다.

메구미는 가냘픈 숨을 쉰다. 의사와 간호사는 메구미의 생명의 불꽃이 꺼지지 않도록 온힘을 다해 보살핀다. 그리고 애정을 담아 지켜보는 부모. 생명의 불꽃이 꺼지는 그 순간까지 모두 희망을 잃지 않고 있다. 메구미의 생명의 불꽃이 꺼지지 않고 계속 환하게 타오를 것을 믿고 있다.

"기운 내, 메구미."

아스카도 간절히 빌었다. 어디를 가도 메구미의 미소가 아스카 마음속에 있었다.

비가 그친 일요일 오후였다.

메구미는 12년의 짧은 인생의 막을 내렸다. 즐거운 꿈을 꾸고 있는 것처럼 메구미는 입가에 미소를 짓고 있었다. 메구미 아버지는 메구미의 작고 가는 손을 잡아 악수를 했다.

"잘 견뎠다, 메구미. 너의 그 용기에 감동했어. 메구미가 아빠 딸이란 걸 자랑스럽게 생각한단다. 이제 안심하고 편히 쉬거라."

그리고 눈물 젖은 얼굴로 아스카를 보았다.

"아스카야, 만약 신이 소원을 하나 들어주신다고 하면 메구미는 주저 없이 목소리를 달라고 했을 거다. 너에게 '고맙다'라는 말을 하기 위해서 말이다. 정말 고맙다."

아스카의 어깨에 손을 얹고 메구미 아버지는 그렇게 말했다. 아스카는 눈물을 흘릴 뿐이었다.

"그래, 아스카 울어. 슬플 때에는 실컷 우는 수밖에 없단다. 같이 울자."

메구미 어머니가 아스카를 꼭 껴안았다.

아스카는 흐느끼면서 메구미의 손을 살짝 흔들었다.

"메구미, 고마워. 넌 언제나 나를 부드럽게 받아줬어. 겁쟁이 아스카도, 울보 아스카도. 넌 내게 많은 용기를 줬어."

아스카의 목소리가 떨린다.

"네가 열심히 산 것, 잊지 않을 거야. 최선을 다해 살려고 한 메구미를……."

메구미 어머니가 아스카의 어깨를 어루만졌다.

"나한테 전해준 너의 마음, 소중히 간직할게. 너를 만나 정말 기뻤어."

잊지 않을 거야……. 아스카는 메구미도 할아버지도 결코 잊지 않을 거야……. 그렇게 맹세했을 때 아스카의 마음을 꼭꼭 잠가둔 자물쇠가 풀렸다.

── 그래, 아스카야, 할아버지는 여기 있다. 네 마음속에. 아스카가 할아버지의 마음을 잊지 않는 한 할아버지는 언제나 너와 함께 네 마음속에 살아 있단다.

11. 기 억

맞아. 그때도 전화였어…….

깊은 밤, 엄마는 거실에 혼자 앉아 먼 옛날 일을 떠올리고 있었다.

*

시즈요는 6학년이 되었다.

하루노 언니는 심장병으로 도쿄의 대학병원에 입원해 있었다.

몇 번인가의 대수술을 했기 때문에 엄마는 하루노 언니를 돌보기 위해 도쿄에 가 있었다.

시즈요가 어릴 적부터 엄마는 온통 하루노 언니 걱정뿐이었다.

"어떻게 하면 하루노의 병이 나을 수 있을까. 무얼 해 주면 하루노가 기뻐할까……."

엄마는 언제나 어디서나 그것만 생각했다.

시즈요가 시험에서 100점을 받아도, 교내 마라톤에서 우승해도 언니에게서 엄마의 마음을 빼앗아올 수 없었다. 시즈요가 아무리 노력해도 하루노 언니를 당해낼 수 없었다.

외로워 울고 있어도 엄마는 엄하게 꾸짖었다.

"하루노 언니는 힘든 치료에 목숨을 걸고 견디고 있어. 시즈요, 너도 노력해야 해. 괜한 일로 울면 벌받아."

시즈요는 감정을 밖으로 드러내지 않게 되었다. 울지 않고 웃지 않는 아이가 되었다.

5월의 연휴가 시작되어 오랜만에 엄마가 돌아왔다.

"언니의 상태가 괜찮으니까 이번 주는 시즈요와 같이 있을 수 있단다."

걱정하고 있던 하루노 언니의 수술도 끝나 긴장이 풀린 엄마는 여느 때와는 달리 아주 부드러웠다.

엄마가 따뜻한 말 한마디를 건네줄 때마다 마음에 꽂혀 있던 가시가 눈 깜짝할 사이에 녹아버린다. 외로움이 사라진다. 시즈요의 마음은 엄마의 사랑으로 따뜻하게 감싸지고 있었다.

"이번 주가 끝나려면 아직 3일이나 남았어."

시즈요는 몇 번이고 손가락을 꼽으며 세어 보았다.

엄마는 저녁 식사 전에 목욕을 하고 있었다. 전화벨이

울려 시즈요가 수화기를 들었다.

"여보세요?"

그러자 시즈요와 동시에 상대는 아주 다급한 목소리로 말했다.

"여기 대학병원인데요. 하루노의 상태가 갑자기 악화되어서 서둘러 보호자가 와 주셔야겠어요."

아직 3일이나 남았는데…….

두근거리는 가슴을 진정시키고 시즈요는 어른스런 목소리로 말했다.

"네, 알겠습니다. 거리가 멀어 조금 시간이 걸리겠지만, 곧 가겠습니다."

수화기를 난폭하게 내려놓고 떨리는 가슴에 손을 대고 숨을 고르고 있었다.

"전화 오지 않았니?"

엄마의 목소리에 시즈요는 밝은 목소리로 대답했다.

"응, 친구가 내일 숙제를 모른다고 가르쳐 달라는 전화야."

시즈요가 좋아하는 복숭아를 사들고 아버지도 일찍 돌아왔다. 시즈요는 평상시와는 다르게 신이 나서 떠들어댔다.

"그렇게 먹다간 배탈난다."

아빠와 엄마가 자신의 몸을 염려해 주는 것이 참을 수

없이 기뻐 시즈요는 배가 아플 정도로 복숭아를 잔뜩 먹었다.

하루노는 다음날 혼자 숨을 거뒀다.

엄마는 시즈요가 거짓말한 것을 알았지만 이미 어쩔 수 없었다. 아무 말도 하지 않고 혼자 울고 있었다. 시즈요에게 같이 울자고 말해 주지도 않았다.

시즈요는 기억에 자물쇠를 채우고 잊기로 했다. 28년 동안 한 번도 떠올리지 않은 밤이었다.

*

"맞아. 그날도 전화였어……."

엄마는 눈물을 흘리며 혼자 중얼거렸다.

할아버지가 돌아가신 후로 엄마는 잠을 이루지 못했다. 심한 후회와 외로움이 덮쳐온다.

'전화를 받지 말았어야 했어. 그냥 아스카를 바꿔주면 됐을 것을…….'

자려고 눈을 감으면 아스카가 울며 소리치던 얼굴이 떠오른다. 그리고 아스카의 얼굴이 하루노의 얼굴과 겹쳐진다. 눈꺼풀에 달라붙은 듯이 하루노의 얼굴이 사라지지 않는다. 엄마는 양손으로 눈꺼풀을 누르며 세게 문질렀다.

먼 기억이 할아버지의 죽음을 계기로 되살아나 엄마를

아프게 하고 있었다.

　엄마는 다시 똑같은 말을 되풀이한다.

　"그때도 전화였어……."

＊

　"이봐, 아직 양말도 꺼내 주지 않고, 뭐 하는 거야?"

　아침부터 아빠는 엄마에게 소리를 지른다.

　엄마는 늘 아빠의 물건이며 옷가지들을 정확히 관리하고 있었다. 엄마가 순서대로 정리해 놓은 것을 아빠는 위에서부터 차례로 몸에 걸치고 들고 나가면 되는 것이다.

　서둘러 양말을 찾는 엄마 눈은 빨갛게 충혈이 되어 있고, 눈 밑은 검게 그늘이 져 있었다.

　"손수건, 다리지 않았지? 이렇게 쭈글쭈글한 걸 갖고 가라는 거야? 우리 어머니는 절대 이런 일 없어."

　아빠는 엄마 얼굴에 손수건을 던졌다. 엄마는 몸을 움츠리며 작은 소리로 "미안해요"라고 말했다.

　"가방 안은 괜찮은지 몰라. 걱정된다, 걱정돼."

　아빠는 오늘부터 3주 동안 뉴욕 출장을 간다. 출장을 갈 때에도 가방을 싸는 것은 언제나 엄마의 일이었다.

　나오토는 화가 난 얼굴로 아빠를 노려보았다. 먹다 만 빵을 접시에 놓고 식탁에서 일어섰다.

　"자신의 물건이나 옷 정도는 직접 챙기시면 안돼요?

상대의 기분을 조금은 생각해야 하는 거 아닌가요?"

아스카는 불안한 듯 커다란 눈을 이리저리 굴리면서 상황을 지켜보았다.

"건방진 소리하지 마. 제멋대로 하는 너희들을 위해 난 싫든 좋든 열심히 일하고 있어. 조금쯤은 감사하는 게 어때?"

아빠는 들고 있던 서류 가방을 바닥에 세게 내던졌다.

"아스카도 저도 상처입고, 괴로워하고, 생각하고, 이제 겨우 제 힘으로 일어섰어요. 멋대로 한 게 아니에요. 이번에는 엄마 차례예요. 엄마가 요즘 밤에 한숨도 주무시지 못하는 거 알고 계세요? 부부라면 서로 지켜줘야 하는 거 아닌가요? 제발 부탁이에요, 아빠."

아빠는 나오토의 말에 처음 알았다는 듯이 엄마의 까칠한 얼굴을 보았다.

"대체 내가 뭘 잘못했다는 거야? 난 제대로 하고 있어."

나오토는 후— 하고 한숨을 내쉬었다.

"왜 그렇게 화만 내세요? 아빠하곤 이야기가 되질 않아요."

엄마는 아빠의 서류 가방을 주워 테이블 위에 올려놓았다. 그리고 아빠에게 사과했다.

"그만해요. 멍하니 있던 내가 나빠요. 미안해요."

"엄마는 늘 그렇게 문제를 피하고 있어. 그럼 아무것도 해결되지 않는데도."

체념과 동정어린 눈으로 나오토는 엄마를 쳐다보았다.

현관에서 구두를 신고 있는 아빠에게 나오토는 꽤 두꺼운 편지를 건넸다.

"이거 할아버지가 맡기신 거예요. 비행기 안에서 읽어 보세요."

아빠는 나오토를 힐끗 보더니 아무 말도 하지 않고 편지를 양복 안주머니에 넣었다.

그날 밤.

밀어 두었던 다림질을 하고 있는 엄마에게 아스카가 말했다.

"내가 도와줄까요?"

엄마는 아무 말 않고 다림질을 하고 있다. 창백한 이마에 핏줄이 선다.

"내가 할게요. 피곤한 것 같으니까 방에 가서 쉬세요."

아스카가 엄마 손에서 다리미를 뺏으려 하자 엄마는 갑자기 소리쳤다.

"내 옆에 오지 마! 저쪽으로 가!"

너무 크게 소리쳐 아스카는 숨을 죽인다.

엄마의 눈은 증오로 불타고 있다.

"왜? 왜 그렇게 날 미워하죠? 하루노 이모를 닮아서 그런가요?"

엄마가 눈을 크게 떴다. 닫아 두었던 기억의 문을 아스카가 열고 들어온다.

"엄마는 비겁해요! 자신의 문제인데 스스로 해결하려 하지 않고 나에게 그 불만을 터뜨리고 있어. 하루노 이모에게 말하지 못했던 것을 나에게 터뜨리고 있어. 난 엄마 기억의 일부가 아냐. 엄마가 맘대로 상처 줘도 되는 그런 존재가 아냐. 난 나야! 다른 누구의 것도 아냐!"

계속 마음속에 담아두었던 생각이 튀어나오는 것을 아스카는 더 이상 멈추려 하지 않았다. 엄마는 양손을 뺨에 대고 입을 벌린 채 듣고 있다. 까칠한 얼굴로 아스카를 쳐다보는 눈에 눈물이 고인다.

아스카는 말했다.

"엄마라고 생각하기 때문에 어리광을 부리고 싶었어. 아무리 상처를 줘도 사랑받고 싶었어."

아스카는 크게 숨을 들이쉬더니 조용하게 선언했다.

"이제 더 이상 엄마라고 부르지 않을 거야. 오늘부터 엄마라고 부르지 않을 거야. 날 자신의 일부처럼 생각하지 마."

아스카는 휙 하고 등을 돌렸다. 방 쪽으로 걸어가다 걸음을 멈췄다.

"나에게도 좋은 점이 있을 거라 생각해요. 엄마의 눈이 아닌 제3자의 눈으로 나를 봐요. 가능하다면 좋은 친구가 되고 싶으니까."

그대로 아스카는 뒤돌아보지도 않고 자신의 방으로 들어갔다. 그리고 침대에 쓰러져 흐느껴 울었다.

엄마는 어리둥절했다. 아스카의 말이 조용히 엄마의 가슴에 스며들었다.

"전화도, 아스카도 아니었어. 문제는 내 마음에 있었어……."

손가락으로 살짝 눈시울을 닦으며 엄마는 그렇게 혼자 중얼거렸다. 그리고 앞치마 주머니에 손을 넣어 나오토가 적어준 상담 센터 주소를 꺼냈다.

── 상담을 받아보자.

── 자신을 회피하지 말고 똑바로 쳐다보자.

── 언젠가 아스카가 진심으로 "엄마"라고 부르는 소리를 듣고 싶어…….

12. 해피 버스데이

"할머니, 어떻게 해요? 아스카 생일 파티."

아무도 없는 오후 시간을 택해 나오토는 우쓰노미야의 할머니에게 전화를 걸었다.

"해야지. 할아버지의 마지막 선물인데."

생각했던 것보다 기운찬 목소리로 할머니는 말했다.

"전 할머니 혼자 우울해하고 계실까봐 걱정했는데, 할머니 목소리를 들으니 조금 안심이 되네요."

"난 괜찮다, 나오토. 할아버지에 대한 추억들이 많이 있으니까."

그래도 할머니는 눈물을 참는 듯 잠시 말이 없었다.

"아스카는 괜찮니?"

"괜찮아 보여요. 친구 어머니와 선생님들이 모두 아스카를 위로해 주었어요. 남의 일인데도 진심으로 염려해 줘서 저, 정말 감동했어요."

할아버지의 죽음 이후 아스카는 마음의 병을 얻은 것처럼 약해져 있었다. 나오토는 그런 아스카가 걱정이 되어 견딜 수 없었다.

"정말 감사하구나. 잘됐어. 무엇보다 아스카가 걱정되었거든. 그것보다 나오토, 시험 결과는 어떻게 됐니?"

"붙었어요. 가을부터 다닐 거예요."

"그래? 축하한다. 할아버지도 기뻐하실 거야. 할머니가 할아버지께 말씀드리마."

"할머니, 고마워요. 그럼 파티는 하는 걸로 알고 준비할게요."

"그래, 부탁한다. 할머니도 기대하고 있으마."

수화기를 든 채 나오토는 할머니의 말을 되새기고 있었다.

"축하한다"라고 아빠와 엄마는 말해주지 않았다.

사립 명문 코신 학원에서 공립 고등학교로 진로를 변경한 나오토를 아빠와 엄마는 인정하려 하지 않는다. 그래도 나오토는 마음 한구석에서 기대하고 있었다. "나오토, 축하한다, 열심히 해라", 그렇게 말해 주기를……

"무얼 기대하고 있는 거야. 더 이상 어리광부리지 않겠다고 마음먹었으면서."

나오토는 큰 목소리로 혼자 중얼거리더니 양손으로 뺨을 탁탁 때렸다.

*

  6월의 마지막 일요일, 나오토는 아스카를 데리고 모토마치로 향했다. 하시모토 선생님의 레스토랑 개점 파티에 가는 거라고 말하자 아스카는 기쁜 듯이 고개를 끄덕였다.

  "정말 맑은 하늘이야. 그렇지, 오빠?"

  나오토는 하늘을 올려다보았다. 크레파스로 칠한 것 같은 파란 여름하늘이 펼쳐져 있다.

  "할아버지가 말했어. 마음이 텅 비면 하늘에서 힘을 얻으라고 말야."

  하늘을 향해 심호흡을 하는 아스카를 나오토는 놀라 쳐다본다. 아스카를 지탱해주던 할아버지가 어느새 부활해 있었다. 나오토는 휴— 하고 안도의 한숨을 내쉬었다.

  바다 냄새가 바람을 타고 온다. 바다 쪽으로 난 길을 따라 걸어가니 파란 지붕의 작은 레스토랑이 보였다.

  문을 열고 나오토는 아스카의 등을 살짝 밀었다.

  "아스카, 어서 와라."

  하얀 앞치마를 두른 하시모토 선생님이 맞이해 주었다.

  아스카는 힘찬 목소리로 말했다.

  "선생님, 개점 축하드려요!"

  아스카로부터 작은 꽃다발을 받아든 선생님은 어리둥

절한 얼굴을 하고 있었다.

"자, 어서 들어가자."

웃으면서 나오토가 선생님께 눈을 찡긋해 보이고 아스카의 등을 밀었다.

아스카가 가게 안으로 한 걸음 들어간 순간, 박수가 터졌다. 아스카는 입을 벌린 채 눈도 깜빡하지 않고 서 있었다.

메구미 어머니가 아스카 손을 잡고 할머니 옆자리로 데리고 갔다.

"할머니!"

가게 안쪽에서 할머니가 미소짓고 있었다.

"보고 싶었다, 아스카. 할아버지도 같이 왔단다."

아스카 옆의 빈 의자 위에 할아버지의 사진이 놓여 있었다.

"할아버지도 오실 줄 알았으면 내가 마중 나가는 건데."

마치 할아버지가 옆에 있는 것처럼 아스카는 말을 걸었다. 아스카가 고개를 들어 주위를 둘러보자, 아키라도 시게루도 료지도 준코도 와 있었다. 사나다 선생님, 이토 선생님, 메구미의 부모님도 있었다.

"다들 하시모토 선생님과 아는 사이인가? 세상 참 좁다. 그렇지, 오빠?"

192 해피 버스데이

아스카가 말하자 하하하 하고 커다란 웃음이 터졌다. 나오토도 키득키득 소리 죽여 웃고 있다.

"오늘은 생일 파티란다, 아스카. 우리 아스카의 탄생을 감사하는 날이야."

할머니가 말했다.

아스카는 커다란 눈을 더욱 크게 하고 모두의 얼굴을 쳐다보았다. 아키라가 살짝 손을 흔들었다. 료지와 시게루가 밝게 웃었다.

"어떻게 할까요? 좀더 기다릴까요?"

하시모토 선생님이 할머니와 나오토에게 말했다. 아빠와 엄마가 아직 오지 않았다. 할머니는 눈살을 찌푸리며 난처한 표정을 지었다. 아빠는 뉴욕으로 출장을 갔고, 엄마는 아침부터 아무 말도 하지 않고 부엌에만 틀어박혀 있었다.

나오토가 할머니에게 속삭였다.

"아빠하고 엄마는 오지 않을 거예요. 할머니, 시작하죠."

"그래, 모두를 기다리게 할 수는 없으니까. 그럼 부탁한다, 나오토."

그렇게 말하면서도 할머니는 몇 번이고 문 쪽을 쳐다보았다. 테이블 위에 스페인 요리가 놓이고 맛있는 냄새가 가게 안에 가득 찼다.

아스카 앞에 생일 케이크가 놓였다. 12개의 초가 환하게 불을 밝히고 있다. 자신의 이름이 새겨진 생일 케이크. 뜨거운 감동이 아스카의 눈시울을 적셨다.

— 할아버지, 고맙습니다. 아스카는 울고 싶을 만큼 기뻐요.

옆에서 미소짓고 있는 할아버지의 사진에 아스카는 살짝 말했다.

"아스카, 한 번에 불어 꺼야 해. 아, 침 튀지 않도록 조심하고. 다들 먹어야 하니까."

"오빠, 좀 조용히 해. 정신없잖아."

하나, 둘, 셋. 아스카가 숨을 들이쉰 순간, 덜컥, 하고 문이 세게 열리며 엄마가 상자를 안고 들어왔다.

"미안해요, 늦어서. 아무리 해도 예쁘게 구워지질 않아서요."

엄마는 아스카 앞에 상자를 놓더니 생일 케이크를 꺼냈다. 부풀지 않아 부침개처럼 납작한 케이크. 엄마는 요리에 소질이 없었다. 레스토랑의 특제 케이크와 나란히 놓으니 더욱 볼품없이 보였다.

엄마는 울상을 지으며 말했다.

"역시 안되겠어. 안하던 짓을 하면 창피를 당한다니까."

상자에 다시 넣으려 하는 엄마의 손을 아스카가 가로

막았다.

"굉장히 맛있을 것 같아요. 난 이 케이크 먹고 싶어요."

엄마는 눈물을 글썽이며 "고맙다"라고 말했다. 아스카와 눈이 마주쳐도 오늘은 피하지 않았다.

아스카는 두 개의 생일 케이크에 켜진 촛불을 단숨에 불어 껐다. 진심이 느껴지는 따뜻한 박수가 아스카의 슬픈 추억을 희망으로 바꿔 주었다.

할머니가 자리에서 일어섰다.

"여러분, 오늘은 아스카의 12번째 생일날입니다. 지난달 저 세상으로 간 아스카의 외할아버지가 여러분과의 만남을 기대하고 있었습니다. 아스카를 아껴주신 여러분에게 꼭 감사의 말을 하고 싶다고 했습니다. 먼저 간 남편을 대신해 제가 인사를 드리겠습니다. 고맙습니다, 여러분."

할머니는 깊이 고개를 숙였다.

아키라와 쥰코가 오른손에 주스 잔을 들고 자리에서 일어선다.

"아스카, 생일 축하해. 네가 아오바 초등학교에 와준 것을 우린 정말 감사하고 있어. '화가 날 때에는 맘껏 화를 내라' 고 말해준 아스카의 용기가 얼마나 힘이 되었는지 몰라. 변하지 않는 우정과 아스카의 용기에 건배!"

둘은 합창을 하듯이 말했다. 쨍 하고 주스 잔이 부딪치는 소리가 난다. 부드러운 미소가 따뜻한 햇빛처럼 아스카의 마음에 쏟아진다. 아스카는 눈을 감고 살짝 목에 손을 대었다. 슬픔의 상처는 아직 딱딱한 응어리가 되어 남아 있다.

나오토는 1년 전 생일날에 아스카에게 한 말을 떠올렸다. 아스카의 마음에 생긴 깊은 상처는 그대로 나오토의 상처가 되었다. 그 아픈 상처를 떨쳐버리듯이 나오토가 말했다.

"자, 요리를 먹으며 말하죠. 한 사람씩 아스카에게 말해 주십시오."

료지와 시게루가 고개를 들어 나오토를 보았다.

"이런 경우 역시 나오토 형부터 해야 하는 거 아닌가요?"

시게루가 입에 잔뜩 문 음식을 우물거리면서 박수를 쳤다.

나오토는 머리를 긁적이며 일어섰다.

"동생인 아스카는 열한 살 생일날에 정신적인 스트레스로 목소리를 잃었습니다. 나를 비롯한 가족이, 아스카를 사랑으로 지켜줘야 할 가족이 동생에게 상처를 줬습니다."

엄마가 살짝 아스카의 손을 잡았다.

"할아버지와 할머니의 사랑으로 동생은 다시 일어섰습

니다. 다시 일어서서 이젠 아주 강해졌습니다. 내가 학교와 친구 일로 고민했을 때 아스카는 내게 이렇게 말해 주었습니다. 사람은 변해가기 위해 배우는 거라고. 그 말로 한 길밖에 보이지 않았던 내 앞에 무수한 길이 펼쳐졌습니다. 변하는 것을 두려워하지 않는 용기가 생겼습니다."

눈도 깜빡하지 않고 나오토를 보고 있는 아스카. 눈이 마주치자 나오토는 씩 하고 웃었다.

"난 소아정신과 의사가 되고 싶습니다. 장래의 꿈을 갖게 된 것은 아스카 덕분입니다. 고맙다, 아스카. 네가 태어나서 정말 다행이야."

아스카는 마음의 상처가 없어지는 것을 느꼈다. 메구미의 부모님이 일어서서 아스카의 어머니와 할머니에게 인사를 했다.

"아스카는 메구미에게 처음이자 마지막인 친구였어요. 중증 장애를 갖고 태어난 메구미는 말도 할 수 없고, 걸을 수도 없어 언제나 혼자였죠. 아스카를 만난 후 메구미는 다시 태어났어요. 메구미의 존재에 빛을 준 아스카에게 진심으로 고맙다는 말을 하고 싶습니다. 생일 축하한다, 아스카."

아스카는 메구미 부모님 사이에서 부드럽게 미소짓고 있는 메구미의 얼굴을 본 것 같은 기분이 들었다.

"아스카를 만난 그날, 전 아이들의 교육에 대해 자신감을 잃고 있었습니다. 이해하고 있다고 생각하지만 아이들을 전혀 이해하지 못하고 있는 것이 아닐까 하고 저로서는 보기 드물게 낙담해 있었죠. 그랬더니 아스카가 '이해하려고 애쓰면 그것으로 됐어요'라며 그 천진스런 얼굴로 말해 주었습니다. 아주 중요한 것을 일깨워 주었어요. 고맙다, 아스카."

포도주로 붉어진 얼굴로 특수학교의 사나다 선생님이 말했다. 엄마는 입을 벌린 채 아스카를 보고 있다. 자신이 모르는 아스카가 사람들 가운데에서 빛나고 있었다.

"아, 여러분. 실은 내 절친한 친구인 시게루 군은 아스카를 좋아한답니다. 구로사와 선생님의 말에 용기 있게 맞서며 교류부장을 맡았을 때의 그 멋진 행동에 완전히 반해 버렸죠. 시게루 군은 아주 좋은 친구입니다. 아스카, 금방 '싫다'라고 하지 말고 잘 생각해 주길 바래. 절친한 친구로서 시게루 군의 사랑을 응원해 주고 싶습니다. 여러분도 부디 응원해 주십시오."

료지의 뜻밖의 말에 놀라 시게루는 몸이 굳어져 버렸다. 얼굴도 목도 빨갛게 되어 꼼짝도 하지 않았다. 료지는 아무렇지도 않은 얼굴로 생선 튀김을 입에 가득 넣고 우물거렸다.

아스카는 화끈거리는 뺨을 양손으로 감쌌다. 나오토는 아래를 보고 어깨를 들썩이며 웃고 있다.

하시모토 선생님이 아기를 안고 안에서 나왔다.

"아스카 아버지로부터 메일이 도착했어요."

그렇게 말하며 하시모토 선생님은 엄마와 나오토에게 종이 한 장을 건넸다.

"와 — 아기다! 어머나, 귀여워라. 선생님, 이름이 뭐예요?"

"와카나라고 해요. 3개월 됐어요."

하시모토 선생님은 온화한 엄마의 얼굴로 대답했다. 쥰코와 아키라가 다가가 아기의 작은 손을 조심스럽게 만졌다. 얼굴을 가까이 대자 달콤한 젖 냄새가 났다.

"나도 이렇게 작았을까? 선생님, 어머니는 정말 대단해요. 이렇게 여리고 작은 생명을 다치지 않게 기르니 말이에요."

"살려고 열심히 젖을 빠는 요 아기도 대단하지."

아스카에게 미소를 지으며 하시모토 선생님은 아기의 핑크빛 뺨에 입을 맞췄다.

나오토가 일어서서 긴장한 얼굴로 아빠가 보낸 메일을 읽기 시작했다.

"할아버지의 편지, 뉴욕행 비행기 안에서 여러 번 읽었다."

아스카는 뜨거운 파엘라(쌀, 고기, 야채, 어패류에 샤프란으로 맛을 낸 스페인 풍의 찐밥)를 천천히 먹으며 아빠의 메일을 들고 있다.

"할아버지는 우쓰노미야에서의 아스카의 행동을 아주 자세하게 적어 주셨다. 아스카가 땅에 귀를 대고 그 소리를 듣던 일과 능숙하게 나무를 타게 된 것, 벌레와 개구리를 잡을 수 있게 된 것 등. 처음에 아빠는 이 모든 것이 의미 없는 것이라고 생각했다."

모두의 눈이 빨려들 듯 나오토에게 집중된다.

"그런 아스카의 행동 하나하나에 할아버지는 감동하신 듯하다. 아스카 마음의 풍부함이라고 표현하셨더구나. '인생에 쓸데없는 것은 없다, 쓸데없는 것이라고 생각되는 것에도 깊은 의미가 있다'라고 할아버지는 말씀하셨다. '책상 앞에 있지 않은 시간은 모두 쓸데없는 시간이다'라고 배우고 자란 아빠에겐 머리를 한 방 맞은 것 같은 충격이었다."

나오토의 손이 떨린다. 아스카는 숟가락을 놓았다. 아빠의 마음과 처음으로 통한 것 같은 기분이 들었다. 손을 무릎에 놓고 아스카는 나오토를 똑바로 쳐다보았다.

"풍부함이란 뭘까. 나오토가 말한 '살아가는 기쁨'이란 어떤 것일까 하고 내게 물어보았다. 아빠는 이 나이가 되어서 처음으로 나 자신과 마주 대한 거다.

아스카, 너의 장점을 발견하지 못한 아빠는 아빠로서의 자격이 없구나. 앞으로 아빠는 너의 풍부함을 배우려

한단다. 너의 생일 파티에 참석하고 싶어 일을 서둘러 정리하고 왔다. 지금 나리타 공항에 도착했단다. 곧장 네가 있는 곳으로 달려가마. 시간에 닿지 못할 경우를 생각해 미리 메일을 보내 둔다. 진심으로 너의 탄생을 감사하고 있단다. 생일 축하한다, 아스카."

엄마는 냅킨으로 얼굴을 가렸다. 아스카의 몸이 뜨거워진다. 소리를 내며 의자에 앉는 나오토의 눈에도 눈물이 고여 있었다.

"아스카가 목소리를 잃은 것은 내 탓이에요. 언제나 표면으로만 좋은 딸, 좋은 엄마인 척해 왔어요. 문제에 맞설 용기도 지혜도 없어 언니와 어머니, 아스카와 나오토 모두에게 상처를 주었지요. 아스카에겐 정말 몹쓸 엄마였어요."

차분한 목소리로 엄마가 말했다. 손가락 끝이 테이블 가에서 가늘게 떨린다.

"나오토의 권유로 상담 센터를 다니기 시작했어요. 나 자신을 다시 보고, 아스카와 새로운 엄마와 딸의 관계를 맺고 싶다는 생각을 했어요. 누구에게도 신세를 지지 않겠다는 고집 때문에 부모님에게도 여러분에게도 폐를 끼쳤습니다. 앞으로도 우리 아스카를 잘 부탁드립니다."

"아니다, 애야. 내가 나빴어. 너를 힘들게 한 내가 나빴다."

어린아이에게 하는 것처럼 엄마의 등을 부드럽게 쓰다 듬으면서 할머니가 말했다.

아스카는 살짝 화장실로 가서 세면대 거울 앞에 섰다.

생일 요리는 최고로 맛있었다. 마음도 기쁨으로 가득 차 있었다. 그런데도 눈물이 멈추질 않았다. 아스카는 차가운 물로 눈물을 닦고 거울에 비친 자신을 향해 환한 미소를 지었다.

"생일 축하해, 아스카. 태어나길 잘했어."

＊

아스카가 테이블로 돌아오자 모두 할머니의 이야기에 귀를 기울이고 있었다.

"우쓰노미야 집을 마음의 상처를 입은 아이들이나 시골 생활을 모르는 아이들이 언제라도 놀러올 수 있는 곳으로 만들고 싶어요. 할아버지가 계획하여 이미 준비를 시작하고 있어요. 장애자 작업실도 따로 짓기로 했지요. 앞으로 많이 바쁠 거예요."

"그거 정말 좋은데요! 저도 우쓰노미야에서 대학에 다니겠어요. 앞으로 2년 후면 저도 할머니를 도울 수 있을 거예요."

나오토가 기쁜 듯이 말했다. 할머니는 할아버지 사진을 향해 미소를 지었다.

"나, 가보고 싶어. 여름 방학에 놀러 가도 되나요?"

손을 들고 아키라와 준코가 말했다. 시게루와 료지도 나도, 나도 하며 손을 들었다.

"좋아! 우리 모두 갑시다. 놀러 가는 게 아니고 일을 거들러 가는 겁니다."

사나다 선생님이 말하자 메구미 부모님과 하시모토 선생님도 고개를 끄덕였다. 할머니는 눈을 크게 뜨고 기쁜 듯이 모두의 얼굴을 둘러보았다.

"꼭, 오세요. 할아버지도 기뻐하실 겁니다. '긴 인생에서 받은 은혜를 돌려주고 흙으로 돌아가자'고 늘 혼잣말처럼 말했지요. 할아버지의 마음을 나오토와 아스카, 그리고 여러분에게 전할 수 있게 되었으니 이보다 더 기쁜 일은 없을 거예요."

눈물을 글썽이며 말하는 할머니의 어깨를 엄마가 가볍게 안았다. 아스카는 주스를 마시며 모두의 웃는 얼굴을 바라보았다. 시게루는 입가에 소스를 묻히고 아직도 열심히 먹고 있다. 아스카와 눈이 마주치자 시게루는 얼굴을 붉히며 고개를 숙였다.

그때 소리를 내며 문이 열렸다.

땀투성이가 된 아빠가 커다란 곰 인형을 안고 서 있다. 헉헉, 어깨를 들썩이며 거친 숨을 내쉬고 있다. 얼마나 급히 왔는지 한눈에 알 수 있었다.

"야호! 아빠의 역전 홈런이다! 좋겠다, 아스카."

사나다 선생님이 외치자 모두들 박수로 아빠를 맞이했다.

"고맙습니다"라고 아빠가 말했다. 아직 헉헉 숨을 몰아쉬고 있다.

잠시 숨을 고른 후에 아빠는 큰소리로 말했다.

"해피 버스데이! 아스카!"

이 세상에 단 하나뿐인 소중한 당신에게

아오키 가즈오(青木和雄)

　교육상담 센터에 찾아온, 말을 잃은 소녀의 목에는 보라색의 단단한 응어리가 있었습니다. 소녀의 엄마가 소녀를 부정하는 말을 할 때마다 소녀의 가는 손가락은 자신의 목을 세게 잡습니다. 보기만 해도 애처로울 정도의 마음의 외침이었습니다. 소녀는 엄마로부터 '존재 부정'이라는, 정신적 학대를 받아온 것입니다.

　상담 과정에서 소녀의 엄마에게는 무엇에든 뛰어난 언니와 비교되며 자란 성장 이력이 있다는 것을 알게 되었습니다. 그래서 자신도 모르는 사이에 딸에게 상처를 입힌 것입니다. 자신의 마음에 있는 커다란 상처를, 소녀의 엄마는 소녀의 아픔을 통해 처음으로 깨달은 것입니다. 눈물을 흘리는 엄마의 옆얼굴을 소녀는 부드러운 눈빛으로 보고 있었습니다.

　내가 "엄마가 좋으니?"라고 묻자 소녀는 크게 고개를

끄덕이며 미소를 지었습니다. 소녀의 천진스런 얼굴이 내 안에서 열한 살의 아스카가 되었습니다.

아이들은 정말로 기특합니다. 가까이 다가오는 어른을 목숨을 걸고까지 지키려고 합니다. 상담실에서 매일같이 대하는 '아이의 문제'가 사실은 부모와 교사를 비롯한 우리 '어른의 문제' 라는 것을 깨달았습니다.

또 다른 한 소년이 있었습니다. 교과서에만 머물렀던 시선을 돌려, 사람과 관계를 맺으며 배우려 하는, 나오토로 표현된 소년은 부모의 지나친 간섭과 기대로 쓰러지기 직전이었습니다.

소년의 마음의 방황과 꿈을 부모와 교사는 시간 낭비로 생각하며 받아들여 주지 않았습니다. 꿈을 말하던 소년의 그 웃는 얼굴을 잊을 수 없습니다.

아스카와 나오토를 지켜주는 할아버지의 마음을 어른들은 잊어서는 안됩니다. 아이들의 꿈을 소중히 키우는 것은 우리 어른들에게 주어진 역할이라고 생각합니다.

나는 중학생 때 많은 사상자를 낸 요코하마 공습을 체험했습니다. 불에 탄 시체의 연기와 냄새 속을 뚫고 우리가 동원되었던 공장에서 집까지 걸어갔습니다. 기적같이 목숨을 건진 나는 '헛되게 살지 말자. 나의 생명을 소중히 하자' 라고 몇 번이나 마음속으로 결심했습니다. 그 생각을, 아스카와 나오토가 강하게 살아가는 모습을 통해 전하고 싶었습니다.

산다는 것은 멋진 일입니다. 어린이 여러분 모두 "태어나길 잘했다!"라고 말할 수 있는 학교와 사회가 되길 바라며 이 책을 썼습니다.
이 세상에 단 한 사람, 소중한 당신에게……
마음으로부터 사랑을 담아, 해피 버스데이!

옮긴이 **홍성민**

성균관대학교 졸업.
일본 교토 국제 외국어센터 일본어과 수료.
옮긴 책으로는『분홍색 기린』,『꼭 기억해 줘』,
『불가사의한 과학나라 여행』,『굿바이, 마이 프렌드』,
『세계지도의 비밀』,『아들이 바다로 간 아침』등이 있음.

해피 버스데이

아오키 가즈오 지음

초판 1쇄 발행일 2000년 12월 10일
11쇄 발행일 2020년 6월 18일
개정판 1쇄 발행일 2022년 5월 10일
4쇄 발행일 2023년 8월 25일

옮긴이 홍성민
펴낸이 김종해
펴낸곳 문학세계사
주소 서울시 마포구 신수로 59-1 (04087)
대표전화 02-702-1800 | 팩스 02-702-0084
이메일 munse_books@naver.com | 홈페이지 www.msp21.co.kr
출판등록 제21-108호 (1979. 5. 16)

값 13,000원

ISBN 978-89-7075-538-0 03830